KB156125

행복 비타민 B

사람 간의 소통을 위한 면역 비타민

행복
비타민B

이선구 지음

벗나래

CONTENTS

3장 무엇을 찾느냐

4장 대화는 이해다

7장 인생은 마음먹기에 달렸다

많은 이들에게
소통의 길이 트이기를

행주산성을 끼고 오른쪽으로 돌아 얕은 언덕길을 내려가면 하얀 옷을 입은 할머니들이 모여 사는 샘터마을이 있다. 처음 샘터마을을 방문했을 때 할머니들이 모두 하얀 옷을 입고 있어 내심 놀랐다.

치매에 걸리고 거동이 불편하신 할머니들에게 왜 하얀 옷을 입혀 놓았는지 이해가 가지 않았다. 그러나 짧은 생각은 순간 너무나 무색해졌다. 할머니들이 옷에 실례한 것을 금방 표시가 나도록 하기 위해 하얀 옷을 입혀놓았던 것이다.

한때 그 누구의 어머니였을 할머니들! 한번 잡으면 놓고 싶지 않은지 온 힘을 다해 잡는 주름 가득한 손! 예쁜 화장을 하여 사진을 찍어드리겠다고 온 자원봉사자들로 모처럼 환하게 웃음을 터트리는 할머니들!

입술에 연지곤지 바르던 시절이 언제였는지 기억나지도 않는데 난생처음 입술을 바르고 화장을 곱게 한 할머니들의 눈가에 이슬이 맺혔다. 한 분 한 분 이름을 불러드리며 가장 예뻤던 시절로 돌아가는 순간, 이 세상 다할 때 그 모습 그대로 남아 있기를 우리 모두 빌며 카메라 셔터를 눌렀다.

어느 개인으로는 결코 이루어질 수 없는 나눔의 향연! 많은 사람들이 시간을 쪼개어 '나눔운동'에 동참하고 있다. 그 중 너무나 잘 알려진 기부천사 가수 김장훈의 이야기를 빼놓을 수가 없다.

커다란 키에 맑은 눈빛을 가진 그가 공인된 인기인이라는 사실만으로도 다가서기 쑥스러웠다. 그러나 심장병으로 꺼져가는 생명을 안고 미친 듯이 구원의 손길을 찾아 헤맬 때, 그는 아무 예고도 없이 불쑥 나타나 은혜를 안고 조용히 꺼져가는 어린 생명에 입맞춤하였다.

고개가 숙여진다. 무엇으로 이 모든 감흥을 다 전할지 요즘 들어 부쩍 어깨가 더 무거워진다. 《행복 비타민B》를 엮는 것으로 세상 사람들이 전하는 행복 메시지를 대신할까 한다.

많은 사람들이 내 삶이 행복해지려면 내 주변의 삶도 행복해져야 한다고 말한다. 그러나 그 행복을 어떻게 전할지 망설이는 사람들이 많다. 행복을 전하는 일은 아주 간단하다. 빗장을 닫고 있던 사람들과의 소통이 행복을 전하는 지름길이다.

《행복 비타민B》에는 사람들과의 소통에 대한 많은 이야기들을 담았다. 사람 간의 소통은 면역비타민으로 알려져 있는 비타민B처럼 부족하면 쉬 피로해지고 임파구의 생산도 감소되기에 우리에게 꼭 필요하다.

'사랑의쌀나눔운동'은 행복을 전하려는 사람들이 기꺼이 시간을 쪼개고 가진 것을 쪼개어 온다. 그들은 결코 많은 것을 가진 사람들이 아니다. 그들은 세상과의 소통을 하는 것이 행복을 열어나가는 지름길이라는 것을 먼저 아는 사람들이다.

책을 발간하면서 많은 사람들이 격려를 아끼지 않았다. 《행복 비타민B》에는 그래서 많은 사람들의 눈과 귀와 손과 땀으로 얼룩진 행복한 소통이 담겨져 있다.

그동안 책의 발간을 위해 애쓰신 많은 분들에게 진심으로 감사드리며 아울러 이 책의 수익금 전액은 '사랑의쌀나눔운동'에 쓰일 것이다. '사랑의쌀나눔운동'에 아낌없는 후원과 봉사를 해주시는 모든 분들께 진심으로 감사드린다.

저자 이선구

1장 ✦
✦
갓끈을 끊어내시오

큰 사명을 주려 할 때는

맹자는 말했다.

"하늘이 장차 큰 사명을 주려 할 때는 반드시 먼저 그 사람의 마음과 뜻을 흔들어 고통스럽게 하고, 그 힘줄과 뼈를 굶주리게 해 궁핍하게 만들어 그 사람이 하고자 하는 일을 흔들고 어지럽게 하나니, 그것은 타고난 작고 못난 성품을 인내로써 담금질해 하늘의 사명을 능히 감당할 만하도록 그 기국과 역량을 키워주기 위함이다."

당신 앞에 닥친 일을 두려워하지 말라. 끈기와 인내, 인내와 끈기 없이 큰일을 이룬 사람은 아무도 없다. 크게 성공하는 사람은 작은 부끄러움을 사양하지 않는 법이다. 성공하는 사람은 기나긴 와신상담 끝에 뜻을 이루는 것이다. 삶은 이렇게 어렵다. 끈질긴 인내심이 꼭 필요한 이유다.

갓끈을 끊어내시오

중국 초나라의 장왕이 어느 날 밤 신하들과 함께 잔치를 벌이고 있을 때였다. 갑자기 세찬 바람이 불어와 촛불이 모두 꺼져버렸다. 그때 평소에 장왕의 후궁 허희를 사모하던 신하 하나가 깜깜한 어둠을 이용해 그녀에게 다가가 입을 맞추었다.

깜짝 놀란 허희는 범인을 놓치지 않으려고 그 사람을 꼭 붙들었다. 두 사람이 실랑이를 하는 사이에 그자가 쓰고 있던 갓의 끈이 툭 끊어졌다. 허희가 외쳤다.

"대왕! 방금 어떤 자가 제게 무례한 짓을 저질렀습니다. 제가 그자의 갓끈을 뜯어서 갖고 있사오니 불이 켜진 다음 가려내어 엄벌해주시기 바랍니다."

그러자 장왕은 잠시 생각하더니 말했다.

"이 자리는 신하들과 즐거이 놀고자 마련한 잔치인 만큼 누구를 벌할 생각은 없소이다. 모든 대신은 당장 갓끈을 끊어내시오. 만약 불이 켜진 다음에도 갓끈이 붙어 있는 자는 엄벌에 처할 것이오."

신하를 아끼는 장왕의 깊고 넓은 마음 덕에 후궁을 희롱한 범인은 죽음을 면할 수 있었다.

그로부터 2년이 흘렀다. 장왕은 정나라를 치다가 원병으로 온 진나라 군대에 패해 사지로 몰리게 되었다. 장왕이 사로잡힐 위기에 처했을 때 부장 당교가 바람같이 나타나서 장왕을 구출했다.

그는 장왕을 구출했을 뿐만 아니라 자기 휘하의 군대를 지휘해 진나라 군대와 죽기로 싸웠다. 이에 힘입은 초군이 반격을 가해 장왕은 마침내 승리할 수 있었다. 싸움이 끝난 다음 장왕은 자신의 목숨을 구해주고 전쟁을 승리로 이끌 수 있도록 도와준 당교를 불러 공로를 치하했다.

"그대가 아니었으면 나는 필경 싸움터에서 죽고 말았을 거요. 이 공로는 내 두고두고 잊지 않겠소."

그러자 당교가 머리를 조아리며 아뢰었다.

"저야말로 대왕의 은혜를 잊지 못하고 있습니다. 2년 전 대왕께서 잔치를 벌인 날 밤에 무례한 짓을 한 신하가 바로 저이옵니다. 저의 목숨을 살려주신 것만도 감읍할 일이온데 공로라니 가당치 않사옵니다."

금화보다 값진 정직

어느 마을에 정직한 젊은이가 살고 있었다. 어느 날 마을 제과점에서 사온 빵을 먹다가 그 속에 금화가 하나 들어 있는 것을 발견한 그는 깜짝 놀랐다. 젊은이는 금화를 들고 제과점으로 달려갔다. 가게 주인은 나이가 많은 할아버지였다. 젊은이가 할아버지에게 금화를 보이며 말했다.

"이 금화가 빵 속에 들어 있었어요. 여기, 받으세요."

"그럴 리가 없는데…."

할아버지는 고개를 갸웃거리며 젊은이를 쳐다보았다.

"빵 속에 금화가 있을 까닭이 없지 않은가. 난 받을 수 없네. 자네가 갖게."

"아닙니다. 이건 할아버지가 가지셔야 해요."

"젊은이, 자네가 그 빵을 샀고, 그 속에 금화가 들어 있었네. 그러니 그건 자네 거고, 난 당연히 받을 수 없네. 설마 나보고 정직하지 못한 사람이 되라는 건 아니겠지?"

"저도 금화를 가질 수 없습니다. 저는 빵을 샀지, 금화를 산 게 아니니까요. 할아버지께서는 설마 저보고 정직하지 못한 사람이 되라는 건 아니시겠죠?"

"허어, 이런 사람을 봤나?"

두 사람의 이상한 실랑이가 그치지 않자 지나던 사람들이 하나둘 모여들었다.

"금화는 자네 것이야."

"아닙니다. 저는 이걸 꼭 할아버지께 돌려드려야 합니다."

그 광경을 보고 있던 한 신사가 두 사람에게 말했다.

"제게 좋은 생각이 있습니다. 두 분 다 행복해지는 방법이 있어요!"

"말씀해보시죠."

"먼저 젊은이는 정직한 마음으로 금화를 할아버지께 드립니다. 젊은이는 빵을 산 거지, 금화를 산 게 아니니까요."

"그렇지만 그럼 내가 부정직해지는 것 아니오?"

할아버지가 묻자 신사는 말했다.

"그렇지 않습니다. 할아버지는 그 금화를 잠시 받기만 하시는 겁니다. 할아버지는 금화를 받자마자 정직한 마음에 대한 상으로 젊은이에게 다시 돌려주십시오. 그럼 할아버지는 자기 것이 아닌 금화를 차지한 부정직한 사람이 되지 않을 수 있습니다."

"아, 그거 좋은 생각이네요!"

여기저기서 구경꾼들이 외쳤다.

"정 여러분의 의견이 그러시다면 금화를 받겠습니다. 젊은이, 금화를 이리 주게."

그러나 금화를 받은 할아버지는 그것을 젊은이에게 되돌려주지 않고 제과점 안쪽에 있는 방으로 들어가버렸다. 한참이 지나도 할아버지가 나오지 않자 구경하던 사람들이 웅성대기 시작했다.

"생각이 바뀐 건가? 정직한 척하더니 막상 금화를 받고 보니 욕심이 나는 모양이군."

방으로 들어간 할아버지는 오랫동안 밖으로 나오지 않았

다. 그러자 시시하다며 실망한 구경꾼들 중 몇 사람이 자리를 떴다. 금화를 넘겨준 젊은이도 집으로 가려고 하자 방법을 제안했던 신사가 젊은이를 붙들었다.

"자네는 상으로 금화를 받고 가야 하네. 난 이 일을 결말지을 책임이 있는 사람이야. 나와 함께 잠시 기다려주게나."

그러자 젊은이는 고개를 저었다.

"정직이 반드시 금화로 보상받아야 하는 건 아닙니다. 정직은 금화보다 값진 것입니다."

"그야 물론이지. 정직은 금화보다 가치가 있지. 그러니 자네는 금화를 받건 받지 못하건 이미 가치 있는 사람이야. 그렇지만 내 느낌에 할아버지의 행동에는 무언가 비밀이 있는 것 같아. 그러니 잠시 더 기다려보세나."

이때 할아버지는 방 안에서 그들이 나누는 대화를 가만히 듣고 있었다. 조금 있다가 할아버지가 밖으로 나왔는데, 손에는 금화와 함께 여러 장의 문서가 함께 들려 있었다. 몇몇 구경꾼들의 시선이 집중된 가운데 할아버지가 말했다.

"여러분, 나는 이제 너무 늙어서 제과점 일을 더 이상 하기 어려운 형편이 되었습니다. 저에게는 아내도 없고 자식도 없습니다. 그래서 제가 평생 모은 재산을 어찌하면 좋을까 곰곰이 생각해보았습니다."

할아버지는 계속 말을 이었다.

"나는 정직이야말로 세상에서 가장 귀한 덕목이라고 생각해왔습니다. 그래서 정직한 사람을 하나 찾아 내 돈과 이 가게를 맡기고 싶었는데, 방법을 알 수가 없었습니다. 생각다 못해 가끔씩 금화를 넣은 빵을 만들어 팔았던 겁니다."

사람들은 침을 꼴깍 삼키면서 할아버지의 말에 귀를 기울였다.

"그렇게 금화를 넣어 판 지가 햇수로는 3년이 되었고, 금화 개수로는 수백 개가 나갔지만 아직까지 빵 속에서 금화를 발견했다고 가져온 사람은 없었습니다. 그런데 오늘 이 젊은이가 처음으로 금화를 갖고 온 겁니다. 여러분, 저는 거짓말을 했습니다. 이 금화는 제 것입니다."

할아버지는 젊은이에게 다가가 어깨를 껴안으며 말했다.

"젊은이, 젊은이의 정직함은 이미 여기 모인 여러 사람들 앞에서 증명되었네. 난 자네에게 내가 평생 모은 금화와 재산을 넘김으로써 그 정직함을 칭찬하고 싶네. 그리고 이 가게도 자네가 맡아주면 참 고맙겠네. 자네만 좋다면 이 늙은 이를 아버지로 여겨주면 더 고맙겠네."

구경하던 사람들이 박수를 치며 정직한 젊은이를 축하해 주었다. 할아버지는 금화를 매만지며 말했다.

"그런데 이 금화만은 내가 갖도록 허락해주게나. 내가 빵속에 금화를 넣고도 안 넣었다고 거짓말을 한 증거가 될 테니 말이야. 즐거운 거짓말, 정직한 젊은이를 찾아낸 거짓말의 증거로, 그리고 자네를 아들로 맞이한 기념품으로 이 금화를 내가 죽거든 내 가슴에 꼭 올려놓아 주게. 천국에 가서도 자네의 정직함을 생각한다면 내 행복이 몇백 배로 커질 것 같으니 말일세."

한국 사람도, 서양 사람도 모두 부정직을 죄로 여긴다. 그러나 서양인들이 부정직을 살인이나 강도와 같은 죄로 여기는 데 비해 우리는 그보다 한 단계 낮은 가벼운 죄로 여긴다는 점이 다르다. 워터게이트의 닉슨은 도청을 했기 때문이 아니라 도청하지 않았다고 거짓말을 했기 때문에 대통령 자리에서 쫓겨났다. 그러나 우리나라에는 거짓말을 했다고 해서 쫓겨난 대통령은커녕 국회의원도 없다.

빵 속의 금화 이야기에 나오는 젊은이의 말처럼 정직이 반드시 금화로 보상받아야 하는 것은 아니다. 그러나 정직해보겠다고 결심해보라. 하늘이 보고 있고, 양심이 보고 있다고 생각해보라. 내 아들이나 딸이 지금 내가 하는 일을 보고 있다고 생각해보라. 그럴 때 두려움을 느끼게 될까? 아니다. 그때 느껴지는 기분은 개운함과 떳떳함이다. 그리고 그렇게 행동한 지 얼마 지나지 않아서 문득 등허리가 전보다 꼿꼿해진 것을 느끼게 될 것이다.

정직은 가장 강한 힘이다. 내적인 힘이며, 그 힘으로 내가 행복해진다. 그뿐인가. 그 행복은 조금씩 전파되어 남까지 행복하게 만든다. 이렇게 정직은 금화로 보상받기 전에 다이아몬드 같은 보석으로 보상된다. 내적으로 만족하고 떳떳하고 개운하고 행복해지는 보석 같은 보상. 그리고 혹시 아는가. 이 젊은이처럼 물질적으로도 보상받게 될는지 말이다.

단칼에 끊어라

중국의 춘추 시대, 진나라는 강하고 제나라는 약했다. 그러나 승패를 결정하는 것은 강약 이전에 내적인 힘, 곧 의지력, 추진력, 결단력 등이다. 아무리 강한 사자도 배가 불러서 몸이 무겁고 시큰둥할 때는 노루를 잡지 못하고, 갓 태어난 새끼를 보호하느라 눈에 핏발이 선 어미 사슴은 능히 뒷발로 범을 쳐 쓰러뜨리는 법이다.

그럼에도 강한 자는 힘을 믿고 으레 남의 것을 노리는 법, 진나라 왕은 제나라를 정벌할 야욕을 품었다. 그는 제나라를 치기 전에 시험 삼아 옥련환이라는 것을 보냈는데, 이는 옥을 고리로 이어서 만든 목걸이로, 일찍이 이 엉킨 타래를 푼 자가 없었다. 왕은 사신을 통해 제나라 조정에 이렇게 고했다.

"귀국에 이 고리를 푸는 사람이 있으면 삼가 공손히 예를 표하겠소."

당시 제나라에는 한 여중호걸이 있었으니, 바로 왕후 태사 씨였다. 진나라 사신이 도착해 옥련환을 바치자 당시 섭정이었던 그녀는 시녀에게 명했다.

"가서 쇠망치를 하나 가져오너라."

시녀가 쇠망치를 가져오자 그녀는 옥련환을 힘껏 내리쳐 단번에 박살을 내버렸다. 그런 다음 진나라 사신을 돌아보며 말했다.

"가서 왕에게 전하시오. 노부가 이미 고리를 풀었다고."

소스라치게 놀란 진나라 사신이 돌아가 보고 들은 대로 복명하자 대신 범수가 혀를 내두르며 탄복했다.

"실로 여장부입니다. 제나라는 도모할 수 없습니다."

이에 진나라 왕은 제나라 왕과 서로 침략하지 않기로 맹약했고, 이후 제나라는 평안을 누렸다.

알렉산더 대왕이 단칼에 문제를 푼 일화도 잘 알려져 있다. 한 무녀가 실타래를 들고 와서 대왕에게 아뢰었다.

"이 실타래를 푸는 사람이 장차 천하를 제패하게 될 것입니다."

그는 칼을 들어 단번에 실타래를 두 동강 낸 다음 말했다.

"이것이 내가 실타래를 푸는 방식이다."

알렉산더는 그 뒤 머지않아 유럽 대륙을 손에 넣었다. 그것은 무녀의 예언대로 된 것이 아니라 그의 과감무쌍한 결단력에 힘입은 것이었다.

콜럼버스의 달걀 세우기도 이런 정신과 다르지 않다. 많은 사람들이 방법을 찾지 못하고 있을 때 과감하게 달걀 한쪽 끝을 깨뜨려 똑바로 세우지 않았던가. 이 이야기들은 모두 고정관념을 깬 과감성에 대한 교훈으로, 리더라면 고정관념을 깨고 새로운 시각으로 바라보는 안목을 갖춰야 한다는 가르침을 주고 있다.

리더의 등용

한고조 유방은 뛰어난 경영 능력을 가진 대표적인 인물로, 현시대까지도 다방면에서 영향을 끼치고 있다. 그는 본래 만리장성을 쌓는 인부 500명을 거느린 정장에 불과한 신분에서 몸을 일으켜 마침내 초패왕 항우를 이기고 중국의 주인이 된 사람이다.

그는 어느 날 큰 잔치를 열고 신하들에게 물었다.

"경들은 짐이 천하를 얻은 이유와 항우가 내게 진 까닭이 무엇이라 생각하오?"

여러 신하가 의견을 냈지만 한고조는 고개를 저었다.

"그대들은 하나만 알고 둘은 모르오. 내가 천하를 얻은 것은 단지 사람을 적재적소에 잘 기용했기 때문일 뿐이오. 장막 안에서 계책을 세워 천리 밖에서 승리를 거두게 하는 일에 나는 장량만 못하오. 또 국가의 안녕을 도모하고 백성을 사랑하며 군대의 양식을 대주는 일에 나는 소하만 못하오. 백만 대군을 이끌고 나아가 싸우면 이기고 공격하면 반드시 빼앗는 일에 나는 한신만 못하오. 이 세 사람은 한 세기에 한 번 날까 말까 한 드문 인걸들이오. 나는 이들을 얻어 그 능력을 잘 발휘하도록 도와준 것뿐이오. 항우에게는 범증이라는 뛰어난 인걸이 있었지만 그를 제대로 활용하지 못했고, 한신 또한 그의 수하에 있었지만 그는 한신에게 중책을 맡기지 않았소. 이것이 항우가 천하를 잃은 까닭이며, 내가 천하를 얻은 까닭이오."

이 말에 모든 신하가 머리를 끄떡이고 그의 말에 승복했다.

촛불 하나하나가 모여

어떤 할머니가 존 모레라는 부자를 찾아와서는 기부금을 청했다. 그는 잠깐 생각하더니 5만 달러를 내겠다고 적었다. 할머니가 놀라서 물었다.

"5만 달러를 내겠단 말입니까?"

"왜요, 적어서 그러십니까?"

"아닙니다. 제가 들어왔을 때 선생님은 읽고 있던 책을 덮고 켜놓았던 2개의 촛불 가운데 하나를 껐습니다. 그래서 '아, 작은 것도 알뜰히 절약하는 분이구나! 기부금을 받기는 어렵겠네' 하고 생각했기 때문에 놀란 겁니다."

그러자 그가 웃으면서 말했다.

"글을 읽으려면 촛불 2개를 켜야 하지만 대화를 할 때는 하나면 족합니다. 제가 그동안 이렇게 아낀 촛불 하나하나가 모여 지금 5만 달러를 기부할 수 있게 된 겁니다."

아껴주는 마음에서 리더십이 생긴다

삼국지의 주인공인 유비 또한 부하들을 아끼고 존중함으로써 지도력을 발휘한 인물이다. 조조의 공격을 받아 쫓기던 중 유비는 가족들과 헤어지고 말았는데, 그의 가족을 책임진 장수가 조운이었다.

조운은 악전고투 끝에 유비의 두 부인 가운데 한 명을 잃었으나, 나머지 한 부인과 아들 아두를 구해 뒤늦게 유비 일행을 따라왔다. 조운이 아두를 안고 데려오자 유비는 아이를 내치며 이렇게 소리쳤다.

"이 작은 놈 때문에 장수 하나를 잃을 뻔했구나!"

이에 조운은 크게 감격해 죽을 때까지 유비에게 충성을 다했다.

유비가 죽음에 임했을 때에는 승상인 제갈공명에게 이렇게 말했다.

"내 아들은 어리석으니 그대가 보아 섬길 만하면 섬기고, 그렇지 못하거든 그대가 임금이 되도록 하시오."

이에 공명은 머리를 땅에 찧으며 충성을 맹세했고, 죽을 때까지 혼신의 힘을 다해 후주인 아들을 보필했다.

진정한 리더십은 이렇게 자기를 낮추는 마음에서 나온다. 1970년대에 일본 정치계를 주름잡았던 다나카 수상은 우리에게도 잘 알려진 인물인데, 그는 초등학교 졸업의 학력으로 수상 자리까지 오른 입지전적 사람이다. 그가 그런 열악한 조건 속에서 정치계의 거물이 될 수 있었던 데에는 나름의 노하우가 있었기 때문이다.

그가 대장성 장관으로 임명되었을 때의 일이다. 대장성은 정부 부서 중에서도 가장 학벌이 좋은 엘리트 집단 관료의 집합체로 사람들은 그가 그런 곳에서 과연 잘 버틸 수 있을지 걱정스러웠다. 그의 장관 부임 소식으로 대장성 안의 기류 또한 심상치 않았다.

그러나 그는 장관 취임 연설을 시작한 지 단 5분 만에 모두의 마음을 사로잡았다.

"온 세상이 다 알고 있듯이 여러분은 수재 중에서도 수재들입니다. 그리고 나는 초등학교를 겨우 마친 정도인 데다가 대장성 일에 대해서는 문외한입니다. 그러니 대장성 일은 여러분이 하십시오. 나는 뒤에서 책임을 지는 역할을 맡겠습니다."

엘리트주의로 자부심이 하늘을 찌르는 대장성 관료들을 이 짧은 말로 매혹한 것이었다. 그는 진정한 리더십이 자기를 낮추는 마음에서 나온다는 사실을 알고 있었던 것이다. 노자가 말하기를 "낮은 자가 높아지고, 부드러운 것이 강함을 이긴다"고 했다. 보스는 힘으로 무장해서 '복종'을 이끌어내지만, 진정한 리더는 따뜻함과 겸손으로 '승복'을 이끌어낸다.

제 남편을 잘 돌봐주세요

정이 깊기로 소문난 부부가 있었다. 어느 날 남편의 친구들이 장난삼아 그 부인의 믿음을 테스트해보자고 제안했다. 친구들은 젊고 아름다운 아가씨와 함께 팔짱을 끼고 집에 들어가도록 그를 설득했다. 술에 잔뜩 취한 남편은 들어오자마자 말했다.

"여보, 애인하고 한잔 더 해야겠으니 술상 좀 내와!"

그러자 부인은 당황한 기색도 없이 술상을 차려 두 사람 앞에 갖다놓더니 단정하게 무릎을 꿇고 앉아서 같이 온 여자에게 말했다.

"이렇게 제 남편을 사랑해주시니 고마울 따름입니다. 이왕에 집까지 오셨으니 내일 아침까지 잘 돌봐주시기 바랍니다. 저는 친정에 가서 자고 오겠습니다."

그러면서 두 사람을 위해 이부자리까지 꺼내주었다. 부인의 뜻밖의 행동에 남편과 아가씨는 매우 당황했다. 두 사람은 부인에게 백배사죄할 수밖에 없었다. 남편의 친구들도 이후 다시는 그 부인을 시험하지 않았다.

왕이 괴로워야 천하가 살찐다

당나라 황제 현종은 후에 양귀비와의 환락과 안녹산의 난으로 정사를 망쳤지만 초기에는 명군으로 이름을 떨쳐 '개원의 치'라고 불리는 태평성대를 이루었다. 개원은 현종 시대의 연호로, 이는 현종 때의 태평했던 시대를 뜻한다.

당시 한휴는 재상으로서 늘 황제에게 충간을 그치지 않았기 때문에 현종은 그를 매우 두려워했다. 황제가 연회를 베풀다 사치가 지나치다 싶으면 좌우의 대신들을 살피며 걱정을 했다. 그 이유는 '혹시 한휴가 눈치채지 않았을까?' 하는 생각 때문이었다.

그러고 나면 과연 한휴의 상소문이 날아오는 것이었다. 자연히 현종은 나날이 야위어갔는데, 어느 날 한 신하가 왕에게 아뢰었다.

"한휴가 재상이 된 뒤부터 폐하께서는 나날이 수척해지고 계십니다. 그를 물리치심이 가한 줄로 아옵니다."

그러자 현종이 한숨을 쉬며 말했다.

"그대의 말이 맞소. 하지만 내가 마르는 동안 천하가 대신 살찌지 않았소?"

도량이 큰 자가 윗사람이 된다

미국의 국방장관 스탠튼이 하루는 편지 한 장을 들고 링컨 대통령을 찾아왔다. 그 편지는 스탠튼을 비난한 어떤 장군에게 보내려는 것으로, 그 내용이 참으로 살기등등했다. 스탠튼은 링컨 앞에서 그 편지를 읽기 시작했고, 링컨은 구절구절마다 스탠튼의 감정에 공감을 표시했다.

"말이야 바른말이지, 한 대 먹이게, 스탠튼!"

"일개 장군 따위가 감히 국방장관에게 대들어? 혼을 내줘야겠군!"

스탠튼은 편지를 다 읽은 후 접어서 봉투 안에 넣었다. 그가 의기양양하자 링컨이 물었다.

"스탠튼 장관, 그런데 도대체 그 편지를 어쩔 참이오?"

"어쩌다니요? 물론 그놈에게 부쳐야죠."

그러자 링컨이 영문을 모르겠다는 듯이 말했다.

"나는 일이 이렇게 되리라고는 전혀 생각하지 못했소그려."

"대체 무슨 말씀이신지요?"

"여보시오, 국방장관. 당신은 어젯밤에 그 편지를 쓰는 동안 상대방을 욕하면서 재미를 보지 않았소? 그리고 지금 내 앞에서 읽는 동안 또 한 번 재미를 보지 않았소? 그러니 장관…."

링컨은 눈을 찡끗하며 빙그레 웃었다.

"이제 그만 그 편지는 저 벽난로 속에 넣지 그러오?"

진정 소중한 친구

기원전 4세기경 그리스의 피시아스라는 젊은이가 교수형을 당하게 되었다. 효자였던 그는 집에 가서 연로하신 부모님께 마지막 인사를 하게 해달라고 간청했다. 그러나 왕은 허락할 수 없었다. 사정은 딱하나 좋지 않은 선례를 남길 순 없었기 때문이다.

만약 피시아스에게 마지막 인사를 허락할 경우 다른 사형수들에게도 공평하게 기회를 주어야 했다. 그리고 만약 그들이 부모에게 인사를 하겠다며 집에 갔다가 그 틈을 타서 멀리 도망간다면 국법과 질서가 흔들릴 수도 있는 일이었다.

왕이 고심하고 있을 때 피시아스의 친구 다몬이 보증을 서겠다며 나섰다.

"폐하, 제가 그의 귀환을 보증하겠습니다. 그를 보내주십시오."

"만일 피시아스가 돌아오지 않는다면 어쩌겠느냐?"

"어쩔 수 없죠. 그렇게 되면 친구를 잘못 사귄 죄로 제가 대신 교수형을 당하겠습니다."

"너는 피시아스를 믿느냐?"

"폐하, 그는 제 친구입니다."

왕은 어이가 없다는 듯이 웃었다.

"피시아스는 돌아오면 죽을 운명이다. 그것을 알면서도 돌아올 것 같으냐? 돌아오려 해도 그의 부모가 보내주지 않을 것이다. 너는 지금 만용을 부리고 있다."

"저는 피시아스의 친구가 되길 간절히 원했습니다. 친구를 위해 제 목숨을 걸고 부탁드리오니 부디 허락해주십시오, 폐하."

왕은 어쩔 수 없이 허락했다. 다몬은 기쁜 마음으로 피시아스를 대신해 감옥에 갇혔다.

시간은 흘러 교수형을 집행하는 날이 밝았다. 그러나 피시아스는 돌아오지 않았고, 사람들은 다몬이 죽게 되었다며 그를 바보 취급하고 비웃었다.

이제 곧 사형 집행 시간인 정오가 되어가고 있었다. 다몬이 교수대로 끌려나왔다. 그의 목에 밧줄이 걸리자 다몬의 가족과 친척들이 울부짖기 시작했다. 그들은 우정을 저버린 피시아스를 욕하며 저주를 퍼부었다. 그러자 다몬은 눈을 부릅뜨고 화를 냈다.

"내 친구를 욕하지 마세요! 그는 절대로 그런 사람이 아니에요!"

죽음을 앞둔 다몬이 그리 의연하게 말하자 모두 꿀 먹은 벙어리가 되었다.

정오가 되자 사형 집행관이 고개를 돌려 왕을 바라보았다. 왕은 집행관에게 고개를 끄덕여 신호를 보냈다. 그때 멀리서 누군가가 말을 재촉해 달려오며 사형을 멈추라고 외쳤다. 다름 아닌 피시아스였다. 그는 숨을 헐떡이며 다급하게 소리쳤다.

"제가 돌아왔습니다. 이제 다몬을 풀어주십시오. 사형수는 저입니다."

두 사람은 서로를 끌어안고 작별을 고했다. 피시아스가 말했다.

"다몬, 나의 소중한 친구여! 저 세상에 가서도 자네의 진정한 우정을 잊지 않겠네."

"피시아스, 자네가 먼저 가는 것일 뿐이네. 다음 세상에서 다시 만나도 우리는 틀림없이 친구가 될 거야."

두 사람의 우정을 비웃었던 사람들 사이에서 탄식이 흘러나왔다. 다몬과 피시아스는 영원한 이별을 눈앞에 두고도 눈물 한 방울 흘리지 않고 담담하게 서로를 위로할 뿐이었다. 이들을 지켜보던 왕이 자리에서 일어나 큰소리로 외쳤다.

"피시아스의 죄를 사면하노라."

왕은 그렇게 명령을 내린 후 나직하게 혼잣말을 했다. 바로 곁에 서 있던 시종만이 그 말을 들을 수 있었다.

"내 모든 걸 다 주더라도 저런 친구를 한번 사귀어보고 싶구나."

당신은 이런 친구가 있는가? 당신에게는 스스럼없이 대할 수 있는 벗이 있는가? 울고 싶을 때 함께 울어줄 수 있는 친구가 몇 명이나 있는가? 저녁 무렵 문득 올려다본 하늘이 노을로 물들었을 때, 눈 내리는 겨울밤 골목길 구석 포장마차를 지날 때, 망설임 없이 전화기를 누를 수 있는 친구가 있는가? 그런 사람이 한 명이라도 있다면 우리는 이렇게까지 고독하지는 않을 것이다. 우리의 삶이 이렇게 쓸쓸하지는 않을 것이다.

《어린 왕자》에서 여우는 이렇게 말했다.

"너의 장미꽃을 그토록 소중하게 만드는 것은, 그 꽃을 위해 네가 소중하게 소비한 시간이란다."

그렇다. 당신이 우울한 얼굴로 찾아갔을 때, 아무리 바쁜 일이 있더라도 당신의 이야기를 귀담아들어 주는 친구, 당신을 보며 마음을 읽을 수 있는 친구, 당신의 손을 따뜻하게 잡아주는 친구, 당신에게는 그런 친구가 몇 명이나 있는가? 지금 손꼽아 보는 친구가 있다면 분명 세상에서 남부럽지 않은 사람일 것이다.

학식이 높은들, 재물이 많은들 무슨 소용이 있겠는가? 살아가면서 마음을 터놓은 친구가 하나도 없다면 말이다.

-《당신은 이런 친구 있습니까》 중에서

처음부터 주려고 했으니

스웨덴과 덴마크 사이에 전쟁이 일어났다. 어느 날 큰 전투가 끝난 뒤 사상자들이 즐비한 가운데 한 덴마크 병사가 수통을 꺼내 막 물을 마시려고 할 때였다. 어디선가 다급한 목소리가 들렸다.

"여보시오, 물 한 모금만 주시오! 목이 말라 죽을 것 같소!"

덴마크 병사가 돌아보니 부상당한 스웨덴 병사가 절박한 모습으로 자기를 바라보고 있었다. 그는 스웨덴 병사에게 다가가 무릎을 꿇고 수통을 입에 대주었다. 그런데 그 순간 스웨덴 병사가 벌떡 일어서더니 권총을 뽑아 덴마크 병사를 향해 쏘았다. 다행히 총알은 어깨를 스쳤을 뿐 큰 부상을 입지는 않았다. 덴마크 병사는 몹시 화가 나서 스웨덴 병사의 총을 빼앗았다.

"나쁜 놈!"

그러나 그는 마음을 돌리고 이렇게 말했다.

"처음에 난 이 수통의 물을 너에게 다 주려 했는데, 네가 한 짓을 생각해서 반만 주겠다. 괘씸하긴 하지만 주겠다고 일단 마음먹었으니…."

덴마크 병사는 수통의 물을 반만 마신 다음 나머지를 스웨덴 병사에게 주었다.

이 이야기는 덴마크 왕에게도 전해졌다. 왕이 병사를 불러 자초지종을 물었다.

"비록 적이긴 하지만 부상을 당해 괴로워하는 사람을 차마 죽게 버려둘 수가 없었습니다."

왕이 감탄해 말했다.

"그대야말로 충분히 귀족이 될 만한 사람이로다!"

덴마크 왕은 병사에게 귀족의 작위를 내려 그의 고귀한 행동을 칭찬하고 격려했다.

보이지 않는 사랑

미국의 한 중년 부부에 관한 이야기다. 아내는 시력이 매우 나빴다. 그래서 수술을 하기로 결정했다. 그런데 수술이 잘못되어 실명을 하고 말았다. 그 후 남편은 아침마다 아내를 직장까지 데려다주고, 하루 일과가 끝나면 또 아내를 직장으로 데리러 가서 집으로 데려왔다.

그러던 어느 날 갑자기 남편이 아내에게 서로 직장이 너무 멀어 힘드니 혼자 출근하라고 말했다. 아내는 너무나 섭섭했고, 사랑하는 남편이었기에 배신감마저 느껴졌다. 독하게 마음을 먹은 아내는 이를 악물고 살아야겠다고 결심한 후 다음날부터 혼자 출근하기 시작했다. 지팡이를 짚고, 버스를 타고, 여기저기서 넘어지고, 울기도 하면서 혼자 다니는 훈련을 하기 시작했다.

그렇게 2년, 아내는 어느 정도 출퇴근길이 익숙해졌다. 버스 운전기사가 어느 날 부인에게 이렇게 이야기했다.

"아주머니는 참 복도 많습니다. 매번 남편이 함께 타서 옆자리에 앉아 있고, 부인이 직장 건물에 들어갈 때까지 지켜보다가 등 뒤에서 손을 흔들어주니 말입니다."

부인은 그만 울음을 터뜨리고 말았다.

알렉산더 대왕의 지혜

알렉산더 대왕이 휘하의 군대보다 열 배나 많은 적과 싸워야 할 처지에 몰렸을 때였다. 어떻게 하면 아군의 사기를 높일 수 있을지 고심하던 대왕은 싸움터로 가던 도중 작은 사원에 들러 승리를 기원하는 기도를 올렸다. 기도를 마치고 나오자 장수들과 병사들이 기대에 찬 눈빛으로 그를 쳐다보았다. 대왕은 손에 동전 하나를 들고 말했다.

"자, 이제 기도를 마쳤다. 이 기도는 틀림없이 영험할 것이다. 나는 이 동전으로 기도의 영험함을 시험해보겠다. 동전을 던져서 앞이 나오면 승리할 것이고, 뒤가 나오면 패배할 것이다."

대왕은 비장한 표정으로 동전을 하늘 높이 던졌다. 모두 숨을 죽이고 동전을 주시했다. 바닥에 떨어진 동전을 보니 앞면이었다.

"앞면이다! 우리가 이긴다!"

기쁨의 함성이 천지를 뒤흔들었다. 병사들의 사기는 단번에 올라갔고, 적을 대파해 큰 승리를 거두었다. 모두가 승리를 기뻐하는 가운데 한 장군이 대왕에게 말했다.

"동전의 앞면이 정말로 승리를 가져다주다니, 천운이 아닐 수 없습니다."

그러자 대왕이 슬며시 미소를 띠며 이렇게 말했다.

"그 동전은 양면이 똑같이 앞면이었다네."

2장 ✦
✦
인간의 향기

감동이 인간을 변화시킨다

사람을 움직이는 비결 가운데 하나가 '감동'이다. 한문으로 감은 '느낄 感'이요, 동은 '움직일 動'으로, 사전적 의미는 "크게 느끼어 마음이 움직임"이다. 그것이 감동이다.

일상에서도 마찬가지다. 상사가 부하 직원에게 지시할 때, 남에게 무엇을 부탁할 때, 부모가 자녀를 꾸짖을 때도 상대의 마음을 먼저 움직여야 한다.

가장 가까이에 있는 것

자기이해와 자기평가를 통해 지금까지의 사고방식을 깨

면 자연스러우면서도 보다 강력한 사고로 되돌아갈 수 있다. 그렇게 하면 모든 상황에서 참된 행복과 만족을 경험할 수 있게 된다. 자기에게 성실해지면 성공의 원칙이 당신을 거스르지 않고 도움이 되는 쪽으로 움직인다. 강물은 언제나 도달할 곳을 향해 흘러가는 법이다.

인도의 오래된 우화 가운데 한 그루 나무에 앉은 새 두 마리의 이야기가 있다. 이것은 우리 내면에 있는 불안감을 잘 나타낸 우화다.

위쪽 가지에 앉아 있는 새 한 마리는 자기 주변에서 일어나는 모든 일에 대해 평화로움을 유지하고 조용히 묵상을 하면서 지냈다. 아래쪽의 또 한 마리 새는 잠시도 가만있지 못하고 이 가지에서 저 가지로 날아다니면서 과일을 맛보며 지냈다. 단맛의 과일을 먹게 되면 아주 좋아하며 환성을 질렀고, 신맛일 때는 진저리를 치며 실망했다.

어느 날 아래쪽 새는 위를 올려다보다가 조용한 그 새를 보고는 훌륭한 모습에 감명을 받았다. 아래쪽 새는 위쪽 새의 평화로움의 비밀을 알고 싶었다. 그러나 새로운 과일이 눈에 들어오자 그 생각은 금방 잊어버렸다.

그러던 어느 날 단맛의 과일을 찾고 있던 아래쪽 새는 입 안 가득 시디신 열매를 밀어넣는 실수를 저지르고 말았다. 그런 자신에게 화가 치밀었다. 그러다가 문득 단 과일에 금방 웃고 신 과일에 금방 화가 치미는 자신의 모습이 위쪽 새에게 어떻게 보일지 걱정되었다. 아래쪽 새는 이런 자기 모습에 새로운 전환이 필요하다는 생각이 들었다.

아래쪽 새는 평화롭게 사는 방법에 대해 조언을 얻기로 마음먹고 위쪽 새에게 다가갔다. 그런데 머뭇머뭇 다가가는 순간 기이한 일이 벌어졌다. 지금까지 자기 위에 앉아 있던 평화로운 새가 바로 자기 자신이었던 것이다. 아래쪽 새는 그동안 보아왔던 의연한 그 새가 자기 자신의 형상이었음을 깨닫게 되었다. 아래쪽 새는 자기가 지니지 못한 세계에 대한 동경을 또 다른 나를 만들어놓고 조용히 음미하고 있었던 것이다.

어쩌면 아래쪽 새처럼 우리도 가장 가까이에서 지금의 나와는 정반대의 모습을 한 내가 다가오기를 기다리고 있는지도 모를 일이다.

가장 좋고 가장 나쁜 것

한 랍비가 심부름하는 아이에게 시장에 가서 가장 훌륭한 것을 사오라고 시켰다. 그러자 아이는 혀를 사 왔다. 얼마 뒤 랍비는 다시 아이에게 시장에 가서 가장 나쁜 것을 사오라고 시켰다. 그러자 아이는 이번에도 혀를 사 왔다. 랍비가 그 까닭을 묻자 아이가 이렇게 대답했다.

"좋으면 이보다 더 좋은 것이 없고, 나쁘면 이보다 더 나쁜 것이 없는 것, 그것이 혀가 아니고 무엇이겠습니까?"

말이란 것이 혀를 가진 사람은 다 할 수 있지만 남을 움직이는 말은 지혜로운 사람만이 할 수 있다. 말을 할 수 있는지 여부가 중요한 것이 아니라 남을 움직이는 말을 할 수 있느냐가 문제인 것이다. 따라서 말의 문제는 혀의 문제가 아니라 지혜의 문제다.

그러나 지혜가 있는 사람이라고 해서 모두 말을 잘하는 것은 아니다. 지혜가 있는데도 말에는 서툰 사람이 있다. 물론 말에는 서툴더라도 지혜가 있으면 일의 근본을 컨트롤함으로써 타인을 움직일 수 있다.

하지만 시대는 변하는 법. 과묵을 미덕으로 여겼던 때는 지나고 표현력이 능력으로 인정받는 세상이 되었다. 과거에는 "침묵은 금이요, 웅변은 은이다"라고 가르쳤지만 지금은 "좋은 말은 다이아몬드와 같다"고 비유한다. 말을 잘해야 하는 이유다.

말을 잘하는 자가 세계를 움직인다. 물론 아무 내용도 없는 빈 수레 같은 말이 아니라 튼튼한 실질을 가진 말이어야 할 것이다.

매력적인 사람이 되는 다섯 가지 방법

일본의 부호이자 히트 상품 제조자요, '긴자 마루칸'의 창업자인 사이토 히토리는 매력이 있어야 성공한다고 말했다. 사람이 따라야 돈도 따르고, 행복한 삶을 살 수 있다는 말이다. 사람이 따른다는 것은 무언가 끌어당기는 힘, 곧 매력이 있다는 뜻이다.

이렇게 매력 있고 성공한 사람들은 결코 감정에만 휩쓸리지 않고 때로는 냉철하게 인생을 풀어간다. 매력이란 행복과 같아서 스스로 발견하고, 깨닫고, 발전시키는 것이다.

그렇다면 자기만의 매력을 쌓으려면 어떻게 해야 할까?

1. 상대를 진심으로 배려하라

아무리 찾아봐도 나에게 매력이 없다고 생각된다면 우선 상대를 진심으로 배려하는 마음을 연습해보자. 가령 이미 읽은 책을 누군가가 추천했을 때 "읽어봤는데 재미없었어요"라고 하기보다는 "많은 걸 알게 되었어요"라고 기분 좋게 말하는 것이다. 상대를 배려하고 진심으로 베풀 때 매력은 저절로 발산된다.

2. 즐기는 사람이 되라

생각이 즐거워야 무엇을 하든, 어디에 있든 즐겁다. 사실 대다수가 노는 것만 재미있고 일하는 것은 재미없다고 생각하는데, 재미없다는 생각을 갖고 있으니 즐겁지 않은 것이다. 놀이든 일이든 마음껏 즐기는 사람이 무엇을 하든 효율

적으로 잘하며, 그런 사람에게는 다른 이의 마음을 끌어당기는 보이지 않는 힘이 있다.

3. 상대방의 자존감을 높여주어라

웃는 얼굴로 역무원에게 "수고하십니다"라고 말하거나 미화원 아주머니에게 "덕분에 항상 깨끗하네요. 고맙습니다"라고 인사를 건네본 적이 있는가? 이렇게 상대를 소중한 존재라고 인정해주다 보면 마음이 풍요로워지고 매력적인 사람으로 보이면서 좋은 평가도 따라오게 된다. 다만 스스로를 존중하는 사람만이 타인에게도 그 마음을 전할 수 있음을 알아야 한다.

4. 만족할 줄 아는 사람이 되어라

모든 사람에게 호감을 얻어야만 매력적인 사람이 되는 것은 아니다. 싫어하는 사람도 있기 마련이다. 유대인의 법칙 중에 '78 : 22'라는 것이 있다. 이는 사람이 할 수 있는 범위는 최고 78%이며, 나머지는 여유를 갖고 마음에 맡기라는 의미다. 누구도 100%가 될 순 없다.

5. 개성은 매력의 핵심이다

"매력이란 호박꽃은 갖고 있지만 장미꽃에는 없는 것"이란 말이 있다. 누구나 자기만의 개성이 있으며, 그 개성에 좋고 나쁨은 없다. 각기 다른 개성은 그 사람만의 매력이므로 그 개성을 소중히 여기는 것이 중요하다.

- 시바무라 에미코, 《가진 것이 없거든 이렇게 승부하라》 중에서

못된 지도자, 뛰어난 지도자, 위대한 지도자

노자는 말했다.

"못된 지도자는 백성들이 경멸하는 사람이요, 뛰어난 지도자는 백성들이 존경하는 사람이다. 위대한 지도자는 백성들이 '아무나 할 수 없는 일을 했다'고 말하는 사람이다."

위대한 리더의 반열에 오르기 위해서는 타인으로부터 존경받는 것은(필요조건) 물론이고, 거기서 그치는 것이 아니

라 범인들이 해내지 못하는 탁월한 성과를 창출해야(충분조건) 한다. "리더는 성과로 말한다"는 사실을 옛 성현도 이미 알고 있었던 것이다.

리더가 해서는 안 되는 열 가지 행동

삼성 그룹의 이건희 회장은 리더가 해서는 안 되는 행동으로 다음의 열 가지를 꼽았다.

1. 숫자를 중요시하고 쫀쫀하게 작은 것만 챙긴다.

2. 거짓말을 한다.

3. 같은 실수를 반복한다.

4. 발상의 차원이 낮다.

5. 직함에 안주한다.

6. 자기에게 충성을 요구한다.

7. 실패할 경우를 대비해 핑곗거리를 생각해둔다.

8. 부하나 타인의 공적을 가로챈다.

9. 상사에게 아부하는 등 사내 정치에 정신이 팔려 있다.

10. 사람을 키우지 않는다.

집에서든 직장에서든 함빡 웃어라

웃음이 있어야 가정도 직장도 천국이 될 수 있다. 실제로 크게 웃으면 5분 동안 에어로빅을 한 효과가 있다고 한다. 웃을 때 나오는 호르몬은 코브라의 독보다 강한 독을 중화할 만큼 모르핀보다 300배나 강하다고 한다.

1. 웃음이 세상을 바꾼다

어느 병원에 이렇게 4개의 게시판이 걸려 있었다.

• 첫 번째 게시판: 전갈에게 물린 사람이 있었는데 치료를 받고 하루 만에 퇴원했다.

• 두 번째 게시판: 뱀에게 물린 사람이 있었는데 3일 만에 퇴원했다.

- **세 번째 게시판:** 미친개에게 물린 사람이 있었는데 10일 만에 퇴원했다.
- **네 번째 게시판:** 인간에게 물렸는데 치료한 지 여러 주 되었지만 현재도 무의식 상태라서 언제쯤 퇴원할 수 있을지 가망이 없어 보인다.

웃음은 주변 사람들까지 기분 좋게 만들고, 세상을 바꾼다. 내가 웃으면 전 세계의 좋은 에너지가 나에게 흘러들어오고, 찌푸리거나 화를 내면 그 독소를 담은 에너지가 흘러들어온다.

2. 웃음은 암세포도 물리친다

악에 받쳐 부부 싸움을 할 때 나오는 입김을 모아 독극물 실험을 해보았더니 놀랍게도 코브라 독보다 더 강한 맹독성 물질이 나왔다고 한다. 꿈이 없는 젊은이를 칸막이 방에 가두고 약을 바짝 올려 신경질을 부리게 한 뒤 타액을 채취해 검사를 해보니, 황소 수십 마리를 죽일 수 있는 독극물이 검출되기도 했다.

반면에 아주 즐겁게 웃은 사람의 뇌를 조사해보았더니 놀랍게도 독성을 중화하고 웬만한 암세포도 죽일 수 있는 베타 엔돌핀이라는 호르몬이 다량으로 분비되었다고 한다.

　과연 인간의 내부에는 얼마나 많은 독이 들어 있을까? 모든 스트레스, 불안, 공포, 미움, 시기, 질투, 증오, 화 등이 마음속에 쌓이고 쌓이다가 어느 날 갑자기 폭발하는 순간 엄청난 양의 독이 뿜어져 나오는 것이다. 그 엄청난 독, 황소를 수십 마리 죽일 수 있는 그 독을 없애는 유일한 방법이 바로 웃음이다. 웃는 것만이 이 독기를 물리칠 수 있다.

　어느 나라 속담에 이런 말이 있다.

　"네가 웃으면 세상도 따라서 웃고, 네가 울면 너 혼자 운다."

　크게 한번 웃어보자. 억지로라도 웃어보자. 크게 웃으면 세상 부러울 것 없는 가장 행복한 사람이 거기 있음을 알게 될 것이다.

성공은 재능이 아니라 노력의 성과다

하룬과 야지드라는 두 아랍인 소년이 있었다. 소년 시절 마을과 사막을 함께 뛰놀며 자란 이 둘은 사이좋은 친구가 되었다. 세월이 흘러 부자가 된 하룬은 족장이 되었고, 야지드는 그물을 짜는 가난한 직공이 되면서 사이가 멀어졌다.

어느 날 바그다드 거리에서 그물을 팔고 있던 야지드는 하룬과 마주쳤다. 하룬은 소년 시절의 친구에게 자기 집에 야자열매를 납품하는 일을 맡아달라고 부탁했고, 야지드는 그 제안을 받아들였다.

족장 집에 납품되는 야자열매는 국내에서도 최고로 좋은 것들이어야 하므로 야지드가 할 일은 품질 좋은 야자열매를 찾아내서 구입하는 것이었다. 1주일 후에 야지드는 야자열매를 낙타에 가득 싣고 나타났다. 열매들을 조사한 신하들은 상태가 나쁘다는 이유로 야지드를 해고할 것을 권했다. 그러나 하룬은 조용히 고개를 저었다.

'그들은 야지드를 몰라. 내 친구는 태어나서부터 지금까지 쭉 가난하게 살아왔어. 스스로 좋은 열매를 골라내는 방법을

알고 있다고 믿고 있지. 아직 자기가 할 일을 잘 모를 뿐이니 인내를 갖고 지켜보아야 해.'

그리고 하룬은 신하들에게 이렇게 말했다.

"날마다 저녁 식사 때 야지드에게 야자열매를 주도록 하게. 처음에는 상태가 안 좋은 것부터 시작해서 점점 고품질로 높여가는 거지. 그러다 보면 스스로 그 차이를 알게 될 걸세. 그러면 야지드는 틀림없이 최고 품질의 열매만 가져오게 될 거야."

하룬의 생각은 옳았다. 의욕이 왕성했던 야지드는 금방 자기 수준을 올려서 하룬의 집에 최고 품질의 열매만 골라 오게 되었다.

이 이야기는 상대방이 어떤 세계에 속해 있는지를 이해하는 것이 얼마나 중요한가를 분명하게 보여준다. 당장 마음에 들지 않는다고 해서 틀렸다거나 부족하다고 단정 지어서는 안 된다. 하룬의 목적은 상대방의 잠재력을 계발해서 교육하는 것이었다. 반면에 신하들은 그저 자기 기준에 맞지 않는 사람이라며 버리려고만 했다.

리더의 특질은 조직원의 잠재력을 끌어내기 위해 가장 알맞은 방법으로 배우고 인식하고 행동하도록 이끄는 것이다. 기대감을 보이고, 해내리라 믿고 있다는 신뢰를 보여줌으로써 상대방의 자신감을 높였다면 당신이 그들의 장점을 키워준 것이나 다름없다.

만족지연 능력을 키워야 성공한다

명절 전날 아이들을 동원해 콩나물 다듬는 일을 시키면서 일을 끝내면 맛있는 떡을 주겠다고 했다. 다섯 명의 아이들 중에 두 아이는 30분 정도 지나자 싫증을 느낀 나머지 도망을 갔다. 그리고 1시간쯤 지나자 또 두 명이 꾀를 부려 빠져나갔다. 한 아이만 마지막까지 남아서 끝까지 콩나물을 다듬었다.

세월이 흘러 이들 중 부자가 된 아이가 있었다. 마지막까지 남아서 콩나물을 다듬었던 아이였다. 그 아이의 어머니는 이렇게 말했다.

"그 옛날 콩나물을 다듬을 때 이미 누가 부자가 될지 알

왔지."

어린 시절에 쾌락본능을 얼마나 잘 억제하는지를 보면 나중에 부자가 될지 안 될지를 알 수 있다고 한다.

비슷한 실험으로, 어린아이들에게 5시간 동안 아무것도 먹지 못하게 한 다음 빵을 1개씩 주고 선택권을 주었다. 지금 빵을 먹어도 좋지만 30분을 더 기다렸다가 먹으면 빵 1개를 더 주겠다고 말했다. 이는 '만족지연 능력'을 테스트하기 위한 것이었다. 그러자 대부분의 아이들은 참지 못하고 빵을 먹었다. 몇몇의 아이만이 30분을 기다리기 위해 일부러 눈앞의 빵을 외면하고 딴 곳을 보거나 유혹을 참기 위해 머리를 쥐어뜯었다.

20년 후, 아이들을 추적해서 어떻게 살고 있는지 조사해본 결과 놀라운 사실이 드러났다. 30분을 참은 아이들과 그렇지 못한 아이들의 삶은 엄청난 차이를 보였다. 만족지연 능력이 높은 아이들이 월등히 성공적인 삶을 살고 있었던 것이다. 우리 아이들을 어떻게 키워야 할지 생각하게 만드는 부분이다.

인간의 향기

한 철학자와 제자가 함께 길을 가고 있었다. 지나다니는 사람이 별로 없어서 거리는 한산한 편이었다. 한참 가다 보니 저 앞에 종이 한 장이 떨어져 있었다. 스승이 말했다.

"저 종이가 무엇이냐?"

제자는 얼른 달려가서 그 종이를 주워 스승에게 건넸다.

"아마 향을 쌌던 종이인가 봅니다. 향기로운 냄새가 배어 있습니다."

다시 한참을 가다 보니 이번에는 새끼줄이 바닥에 떨어져 있었다. 스승은 제자에게 그 새끼줄을 가져오라고 했다.

"냄새가 지독한 걸 보니 이 새끼줄은 분명 썩은 생선을 묶었던 것 같습니다."

제자의 말에 철학자는 조용히 미소 지으며 말했다.

"보아라. 사람도 이와 같다. 악한 일을 많이 한 사람은 썩은 생선을 묶었던 새끼줄처럼 고약한 냄새가 나고, 착한 일을 많이 한 사람은 향을 쌌던 종이처럼 아름답고 향기로운 냄새가 나느니라."

약속

영국의 빅토리아 여왕 시대에 있었던 일이다. 수상인 팔머 스턴이 웨스트민스터 다리를 지나고 있는데 마침 맞은편에서 한 소녀가 우유통을 들고 다리를 건너오다가 넘어져 우유를 바닥에 모두 쏟고 말았다. 가난한 소녀는 울음을 터뜨렸다. 수상은 소녀의 눈물을 닦아주며 위로했다.

"애야, 지금은 내가 돈이 없구나. 내일 이 시간에 이곳으로 오렴. 그러면 내가 우유와 우유통 값을 줄 테니 울지 말거라."

이튿날 수상은 장관들을 모아놓고 각료회의를 주재하고 있었다. 그때 문득 소녀와 한 약속이 떠올랐다. 그는 회의를 중단하고 급히 다리로 달려가 소녀에게 우유와 우유통 값을 건넸다. 그리고 돌아와서 계속 각료회의를 주재했다고 한다.

지도자의 첫 번째 덕목은 약속을 성실히 지키는 것이다. 작은 약속을 지키지 않는 사람은 습관이 되어 큰 약속도 지키지 않는다. 자녀들이 부모에게서 처음 실망을 느끼는 순간이 바로 약속을 어겼을 때다. 약속은 도덕과 신뢰의 가장 중요한 핵심이다.

보스는 공포 유발자, 리더는 동기 유발자

런던에 세계 최대의 백화점을 세운 해리 고든 셀프리지는 보스가 아닌 지도자로 존경받은 인물이다. 보스와 지도자는 무엇이 다를까? 보스는 권위에 의존하고, 지도자는 친절한 설득에 의존한다. 보스는 공포를 조성하고, 지도자는 동기를 부여한다. 보스는 '나'라고 말하고, 지도자는 '우리'라고 말한다. 보스는 문제에 대한 책임만을 말하고, 지도자는 그 문제를 해결한다. 보스는 '일하라'고 말하고, 지도자는 '일합시다'라고 말한다.

한 마리의 말에 두 사람이 타려면 부득이 앞에 타는 사람과 뒤에 타는 사람이 있어야 한다. 마찬가지로 한 집단을 이끌어가기 위해서는 반드시 지도자가 있어야 한다. 나라, 민족, 그리고 집단이나 조직의 흥망성쇠는 이 지도자에게 달려 있다. 지도자는 사람 위에 군림해서는 안 된다. 우리는 모두 평등하기 때문이다.

정치에서 버리는 순서

자공이 정사를 묻자 공자가 말하기를 "식량을 풍족하게 하고, 군비를 튼튼히 하며, 백성이 위정자를 믿게 해야 한다"고 대답했다. 자공이 "부득이하여 버려야 한다면 삼자 중 어느 것을 먼저 버려야 합니까?"라고 묻자 공자가 대답했다.

"군비를 버려라."

자공이 또 "부득이하여 버릴진대 남은 둘 중에서 어느 것을 먼저 버려야 합니까?"라고 묻자 공자가 대답했다.

"그렇다면 식량을 버려라. 신의가 없으면 천지 사이에 몸 둘 곳이 없는 법이다."

과연 우리는 이처럼 소중한 신의를 제대로 지키고 있는가? 신의를 소중하게 지키는 이야말로 진정으로 성공한 사람이라고 할 수 있다.

직원을 최우선으로 생각하라

고객만족을 최우선으로 내세우고 있는 대부분의 경영자들과 달리 직원을 고객과 주주보다 더 중시하는 용기 있는 경영자들이 있다. 스타벅스의 하워드 슐츠 회장이 대표적이다. 슐츠 회장은 자신의 철학을 이렇게 천명한 바 있다.

"우리 회사의 최우선 순위는 직원들이다. 그다음 순위는 고객만족이다. 이 두 목표가 먼저 이루어져야만 주주들에게 장기적인 이익을 안겨줄 수 있다."

회사가 생존하려면 고객이 있어야 한다. 그러나 고객을 최상으로 섬기려면 먼저 직원부터 잘 모셔야 한다. 회사가 직원들을 잘 돌보면 직원들이 고객들을 잘 모시게 된다.

월마트 창업자 샘 월튼도 슐츠 회장과 비슷한 철학을 가지고 기업을 운영한다. 그 또한 "종업원이 행복하면 고객도 행복하다. 직원이 고객을 소중히 대하면 고객은 다시 찾아올 것이고, 바로 이것이 사업 수익의 진정한 원천이다"라고 말하면서 행복한 직원 만들기에 역점을 두었다.

고객만족의 첫걸음은 직원의 행복이다. 이는 자명한 이치다. 따라서 회사와 경영자는 직원을 최우선으로 모셔야 한다. "직원을 소중히 여기지 않는 기업은 곧 무너지고 말 것이다"라는 리더십의 대가 워렌 베니스의 말은 시사하는 바가 크다.

웰링턴 장군의 시간

웰링턴은 영국의 정치가다. 그는 워털루전투에서 나폴레옹을 격파한 장군이기도 하다. 그리고 시간에 관해 매우 철저한 사람으로 알려져 있다.

한번은 어느 교관과 런던 다리 근처에서 만나기로 약속이 되어 있었다. 장군은 정시에 약속 장소로 나갔다. 교관은 5분 늦게야 나왔다. 장군은 시계를 보면서 "5분이나 늦었군" 하고 언짢아하며 말했다. 지각한 교관은 "장군님, 겨우 5분밖에 늦지 않았습니다"라고 대답했다. 그러자 장군은 "겨우 5분이라고? 그 시간 때문에 우리 군대가 패전하게 될지도 모르는 일이오. 단 5분이라도 아주 귀중한 시간입니다"라고 타일렀다.

장군은 그 후에 또 그 교관과 약속을 했다. 이번에는 교관이 5분 일찍 나와서 장군을 기다렸다.

"장군님, 이번에는 제가 5분 일찍 나왔습니다!"

장군은 의기양양한 교관을 이번에도 꾸짖었다.

"당신은 5분의 가치를 모르는 사람이오. 5분이나 일찍 왔으니 아까운 5분을 낭비한 것이오."

3장 ✦

✦

무엇을 찾느냐

내 성공의 뿌리

'전문가'라고 불리는 사람들은 인간을 희생자와 생존자로 분리하는 경향이 있다. 이들은 우리에게 생존자가 되어야 한다고 주장한다. 생존에 성공한 사람은 확실히 희생자보다는 한 단계 위에 있다.

그러나 이러한 논리는 인생에서 가장 중요한 사실을 놓치는 것이다. 단순히 인생에서 생존했다는 사실만으로 온전히 기쁠 수 있을까? 생존했기 때문에 인생에서 추락하지는 않았다고 말할 순 있을 것이다.

하지만 생존하기만 한 사람은 산의 정상에 서서 태양이 떠오르는 것을 볼 수 없다. 그들은 그저 존재할 따름이다. 그들은 끝없는 고난 속에서 살아갈 뿐이다. 그리고 냉랭하게 생존하면서 결국 아무 흔적도 남기지 않고 사라질 뿐이다.

그들은 하나님이 부여한 무한한 잠재력을 갖고만 있을 뿐 그저 조용히 살아간다. 과연 성공이란 이런 것일까? 과연 이런 생활이 만족스러운 삶일까? 사후에 다른 사람들이 당신을 이렇게 기억해주기를 원하는가? 과연 이런 삶을 자식에게도 물려주고 싶은가? 생존자의 삶은 결코 성공적인 삶이 될 수 없다. 이런 말이 있지 않은가.

"희생자들은 불평하고 생존자들은 정착한다. 그러나 승자는 세상을 지배한다."

여기에 전문가들이 보지 못한 세 번째 종류의 인간이 있다. 바로 '번영인'이라고 불리는 승자들이다. 가장 성공적인 실패(?)란 바로 이들의 몫이다. 번영하느냐 못하느냐는 모두 태도의 문제다.

번영인들은 생존자와 달리 도전과 곤경 속에서 번영을 성취한다. 이들은 남들이 극복할 수 없다고 여기는 것에 도전한다. 이들은 불가능한 것을 가능하게 만드는 데 능숙하다. 이들은 반대와 곤경을 극복하는 가운데 번영을 이룩한다. 이들은 도전적인 과제에 정면으로 대응해서 그 무언가를 시도 한다. 이들은 번영하고자 하는 목표를 갖고 이를 성취하기 위해 무한한 에너지를 발휘한다.

이들은 현재 자신이 하는 일을 사랑하면서 즐겁게 살아간다. 이들은 모험과 위험부담을 두려워하지 않는다. 오히려 이들은 그 모험과 위험부담 때문에 삶에 활력을 느낀다.

이들은 최고 또는 최상을 향해 나아가고자 하는 성취욕에 불타는 사람들이다. 이들은 자신의 삶을 스스로 지배하는 사람들이지, 결코 삶의 노예가 아니다. 이들은 자신을 단련하고, 자신의 목표에 몰입하며, 자신감과 열정으로 가득하다.

이들은 항상 움직인다. 이들은 불평과 불만으로 삶을 낭비하지 않는다. 이들은 항상 자신이 바라는 것을 꿈꾸는 활동가이자 리더이자 성취가다. 이들은 목표를 높이 세우고 그것을 성취하기 위해 노력한다. 자신을 비판하거나 회의적으로 보는 사람들, 심지어 자신을 조롱하는 사람들 때문에 낙담하지도 않는다.

이들의 삶에서 '아니오'라는 말은 있을 수 없다. 설령 자신의 삶이 온통 비극적인 일로 가득하다 하더라도 오히려 부서진 꿈을 다시 모아 자신의 꿈을 키운다.

당신은 번영인을 한 번, 두 번, 아마도 세 번까지는 이길 수 있을 것이다. 그러나 이들을 계속 이길 순 없다. 왜냐하면 이들 번영인은 결국 자신이 승리할 방법을 찾고야 말기 때문이다. 물론 이들도 패배할 수 있다. 피투성이가 될 수도 있고 기진맥진할 수도 있다.

그러나 이들은 마침내 태양이 눈부시게 떠오르는 산의 정상에 오르는 방법을 발견한다. 당신도 바로 이런 사람을 목표로 경쟁해야 하지 않을까? 당신이 무엇을 하든지 목표는 최고를 추구해야 한다.

- 웨인 알렌루트

경영자에게 도전하는 직원

"나는 사람들이 나에 대해 문제를 제기하고, 내가 틀렸을 때 지적해주는 것을 좋아한다. 내 문제를 지적해준 이들이 없었더라면 나는 무수한 실수를 저지르고 오판을 내렸을 것이다. CEO에게 도전하는 직원의 말은 잘 새겨들어야 한다. 왜냐하면 최고경영자에게 문제를 제기할 정도라면 그냥 가볍게 하는 말이 결코 아닐 것이기 때문이다."

- 세서미 스트리트, 조안 간츠 쿠니 감독

"턱을 내밀고 대드는 부하에게 상을 주는 사람이 진짜 훌륭한 지도자다."

- 스칸디나비아, 얀 카렌디 부사장

상사, 특히 사장에게 직언을 하는 것은 그만한 확신, 자신감, 그리고 애정이 없으면 도저히 할 수 없는 일이다. 그런 사람의 주장은 아무리 기분이 나쁘더라도, 나의 의견과 확연히 다르더라도 반드시 들어볼 필요가 있다.

실패는 소중한 자산이다

IBM의 설립자인 톰 왓슨의 성공 비결은 사람을 가장 소중한 자산으로 여기는 것이었다. 한번은 젊은 부사장이 패나 모험적인 신제품 개발 계획을 보고했다. 왓슨은 과연 이 사업이 성공할 수 있을지 물었다. 그때 부사장은 위험 부담이 큰 사업일수록 큰 수익을 올릴 가능성이 높다고 주장했다.

그러나 신제품 개발 사업은 회사에 천만 달러 이상의 손해를 입히고 말았다. 왓슨이 부사장을 불렀을 때 그는 사표를 제출하며 말했다.

"회사에 막대한 손해를 끼친 책임을 느껴 사직서를 제출합니다."

그러자 그는 정색을 하며 말했다.

"무슨 소린가? 나는 자네를 교육하는 데 무려 천만 달러를 들였는데…. 다시 시작하게."

사장의 격려에 고무된 부사장은 다시 한 번 도전해서 신제품 개발에 성공했다.

실수를 했을 때 듣는 한마디 격려는 성공했을 때의 열 마디 칭찬보다 큰 힘을 발휘한다.

꿈을 포기하지 않았기에

열다섯 살 때 미국으로 이민을 간 한국인 청년이 있었다. 청년은 가난을 이기기 위해 낮에는 잡지사 판매원으로, 밤에는 나이트클럽의 도어맨으로 근무했다.

그는 절망적인 상황에서도 결코 아메리칸 드림을 포기하지 않았다. 청년은 성장하면서 인터넷 채팅에 몰입했고, 이 사업에 시장성이 있다는 결론을 내렸다. 그는 노트북 두 대와 현금 80달러로 웹비즈니스 회사를 설립해 하루 17시간씩 일했다.

그 결과 미국과 유럽의 80여 개 기업이 그에게 웹비즈니스 관리를 요청해오는 등 그의 회사는 일약 세계적인 기업으로 성장했다. 2000년경 미국의 한 경제 전문지에서 40세 이하의 세계적인 거부 40명을 선정했는데 이 사람도 그중 한 명으로 지목되었다.

화제의 주인공은 미국 에이전시닷컴 사의 서찬원 회장이다. 당시 그의 재산은 무려 3,000억 원에 달했다. 젊은 시절의 고생은 성공의 가장 좋은 자산이었다. 성공한 사람들은 대부분 젊은 시절에 혹독한 시련을 겪은 경험이 있다. 그리고 그 시련 속에서도 결코 포기하지 않았기에 목표를 이룰 수 있었다.

수동적인 성격을 능동적인 운명으로

수동적이라 함은 "스스로 움직이지 않고 다른 것의 작용을 받아야만 움직이는 것"을 뜻하고, 능동적이라 함은 "다른 것에 이끌리지 않고 스스로 일으키거나 움직이는 것"을 말한다. 일을 하거나 누군가를 대할 때 태도가 능동적인 사람도 있고, 수동적인 사람도 있다. 물론 상황에 따라 능동적일 수도, 수동적일 수도 있겠지만 대부분의 상황에서는 그 사람의 성격이 능동적인가 수동적인가에 따라 태도가 결정되는 경우가 많다.

수동적인 성격은 역사적으로 과거 유교적인 사회 환경에 따라 윗사람에게 자신의 의견을 뚜렷이 내세우지 못하는 분위기에 기인한 것일 수도 있고, 과거의 심적인 상처 등에 의해 자신감을 상실한 경우, 너무 신중하거나 인내심을 발휘하다 보니 소극적이어서 나타나는 경우도 있다.

이러한 수동적 생각과 행동은 자기도 모르는 사이에 누군가에게 의존하는 경향이 많아지며, 자신감이 결여된다. 그리고 자신의 의견에 대한 반대 혹은 반박이 두려워 마음속에 있는 말을 편하게 다 하지 못하는 경우가 많아서 주로 부정적이다. 또 수동적 성격은 다른 사람들과의 만남을 불편하게 생각하게 된다.

반대로 능동적인 성격은 일이나 타인에 대해 적극적으로 제의하고 행동하는 유형이 많다. 능동적인 성격의 장점은 진취적이고 창의적이며, 도전적이고 리더십이 강하며, 긍정적이라는 것이다.

영업 사원 중에도 고객을 대할 때 수동적인 사람과 능동적인 사람이 있다. 수동적인 사람은 우선 회사의 규정과 방침에 따라 제안을 하다가도, 고객의 요구 사항에 끌려가거나 중간에서 어찌할 바를 모르는 경우가 많다. 반면에 능동적인 사람은 고객을 리드하고, 까다로운 요구에도 적극적으로 대처하며, 필요할 때마다 소속된 조직에 즐겁게 대안을 제시한다.

수동적인 성격이 능동적인 성격이 되기 위해서는 무엇보다도 높고 강한 자신감을 가져야 한다. 자신감을 통해 남에게 의존하는 성격도 개선할 수 있으며, 자신의 의지를 뚜렷이 내세울 수 있기 때문이다.

자신감은 우선 작은 목표 달성을 통해 다져나갈 수 있다. 자기 자신과의 약속을 지키고 작은 목표를 이루어가면서 스스로에 대한 믿음이 생기고 점차 능동적인 성격이 될 수 있는 것이다. 능동적인 성격은 자신의 운명을 좋은 방향으로 길을 넓히면서 개척해나갈 수 있다.

물론 능동적인 성격은 상대를 자신의 페이스로 무리하게 끌어들이려고 하거나, 말보다 행동이 앞서는 '일단 하고 보자'는 식의 과잉된 자기현시를 나타날 수도 있다. 그러나 이런 부분을 자기반성이나 솔선수범, 타인에 대한 존중 등을 통해 보완할 수 있다면 현 사회가 요구하는 진취적이고 창의적인 인재가 충분히 될 수 있으며, 성공자로서 사회를 이끌어갈 수 있을 것이다.

리더십의 세 가지 콘택트

미국의 16대 대통령 링컨은 재직 당시에 자기 신발을 직접 닦아 신고 빨래까지 했다. 이를 본 비서가 "귀하신 각하께서 이런 천한 일을 하시면 안 됩니다"라고 하자 링컨은 엄숙한 목소리로 이렇게 말했다.

"세상에 천한 사람은 있지만 천한 일은 없는 걸세."

링컨의 이 한마디는 미국의 시민 정신을 지배할 정도로 영향력이 있었다. 150년이 훌쩍 넘은 오늘날에도 링컨이 위대한 지도자로 평가받는 이유는 수많은 실패에도 절망하지 않고 시련과 싸워 대통령직에 오르기까지 작은 일도 소중하게 생각하고 모든 이에게 손을 내미는 인간성, 귀천을 따지지 않고 인간을 평등하게 보는 인간애, 사람을 귀하게 여기는 인간미를 잃지 않았기 때문이다. 즉, 링컨은 세 가지 '콘택트'를 발휘했던 지도자였다.

• 제1 콘택트: 누구에게나 손을 내밀고 화합하는 인간성 넘치는 핸드 콘택트(hand contact).

- 제2 콘택트: 아무하고나 마음을 열고 대화하는 인간애 풍기는 하트 콘택트(heart contact).
- 제3 콘택트: 가식 없는 눈으로 상대를 바라보는 인간미 샘솟는 아이 콘택트(eye contact).

가정에서 인정받고, 사회가 선택하고, 국가가 필요로 하는 인물이 되기 위해서는 이 세 가지 콘택트를 갖추어야 한다. 핸드 콘택트로 먼저 손을 내밀고, 하트 콘택트로 먼저 마음을 열며, 아이 콘택트로 믿음을 느끼게 해야 한다.

오늘도 이 세 가지 콘택트를 발휘함으로써 뉴 리더가 되기위해 최선을 다하며 사는 모습으로 자신을 키워나가야 할 것이다.

목표를 정하기 전에 반드시 점검할 것

프랭클린 코비 사의 숀 코비 부사장은 인생의 목표를 정하기 전에 반드시 다음의 네 가지를 점검하고 적어보아야 한다고 당부했다.

- 첫째, 자신이 정말 잘하는 것(재능).
- 둘째, 자신이 정말 하고 싶은 것(열정).
- 셋째, 사회가 원하는 것(수요).
- 넷째, 옳다는 확신이 드는 것(양심).

위 네 가지의 교집합이 능력을 최대로 발휘할 수 있는 분야가 된다. 사회 구성원 하나하나가 자신이 가장 하고 싶고, 가장 잘할 수 있으며, 사회적으로 가치 있는 일에 매진한다면 모두가 행복해지는 세상을 만들어갈 수 있다. 이는 개인뿐만 아니라 기업 경영에도 똑같이 적용된다.

나쁜 소식을 먼저 말하게 하라

"사람들은 나쁜 소식을 전하길 두려워한다. 그러나 나쁜 소식은 때때로 사업의 성과를 개선하는 데 가장 중요한 정보를 제공한다. 나는 언제나 좋은 소식과 나쁜 소식을 모두 요구하며, 나쁜 소식을 먼저 알려달라고 요청한다. 그리고 그것을 통해 난제를 파악하고 개선해야 할 사항을 토의하는 것을 규칙으로 삼았다."

- 마이크로소프트, 제프 레이크스 부사장

강한 기업을 만들기 위해서는 나쁜 소식을 먼저 다루는 문화가 필요하다. 성과가 부진한 기업에서는 좋은 소식만 전달하고 나쁜 소식은 숨기는 경우가 많다. 경영진이 나쁜 소식을 알려온 직원에게 '큰 문제를 빨리 발견해주어서 고맙다'고 진심으로 말해주는 분위기가 정말 중요한데, 그렇지 못할 경우 아랫사람들은 윗사람들이 좋아할 만한 정보만 알리고 만다. 그렇게 되면 문제점에 대처하는 능력이 현저히 떨어지면서 결국 조직이 병들게 된다.

21세기는 이미지 커뮤니케이션 시대

요즘처럼 세상이 급박하게 돌아갈수록, 경쟁이 치열해질

수록 경쟁력을 좌우하는 무기들은 점점 더 평준화된다. 그리고 '작은 차이'가 그 평준화된 틈을 비집고 성패를 결정하는 변수가 되기도 한다. 이미지의 차이 하나가 성패를 좌우할 수도 있는 시대가 된 것이다. 변화무쌍한 이 시대의 물결을 타지 못하는 사람은 점점 도태되고 마는 것이다.

21세기를 3D 시대, 즉 디지털Digital, 디자인Design, DNA유전정보의 시대라고 말한다. 한 사람의 외적 이미지는 3D의 '디자인'에 해당한다. 물건을 살 때 이왕이면 디자인이 좋은 것을 고르듯이, 인간관계에서도 디자인에 해당하는 좋은 '이미지'를 형성한 사람의 호감도가 높아지는 법이다. 상대에게 호감을 주는 이미지를 만들어 잘 관리한다면 대인관계가 원만해지는 것은 물론이고 나아가 삶의 질도 점차 높아진다.

미국의 사회언어학자인 메긴슨은 첫 만남, 즉 첫인상에서 호감을 주면 심리적 계약이 발전해 신뢰가 형성되고 영향력이 커지지만 반대로 거부감을 주면 계약 발전에 실패해 관계가 정지된다고 말했다.

그렇다면 무엇이 첫인상을 결정할까? 연구에 따르면 외모가 80%, 목소리가 13%를 차지하며, 많은 사람들이 중요하다고 믿는 인격은 불과 7%밖에 작용하지 않는 것으로 나타났다. 물론 첫인상이므로 인격에 대해 알기는 어려운 것이 당연하지만 사회적 만남은 인격과 인격의 만남이 아니라 이미지와 이미지의 만남이라는 사실을 새삼 느끼게 된다.

한 개인의 이미지는 이처럼 표정, 머리 모양, 옷차림, 자세, 말투, 매너와 에티켓, 제스처 등에 의해 결정된다. 그중에서도 가장 큰 요소는 얼굴이다. 얼굴은 모든 대인관계의 첫 관문이다. 아무리 멋진 패션과 자태를 뽐내는 사람이라도 얼굴이 굳어 있으면 상대방에게 결코 좋은 느낌을 전달할 수 없다.

"웃지 않으려면 가게 문을 열지 말라"는 중국 속담이 있다. 서비스직에 종사하는 사람의 얼굴이 굳어 있다면 고객은 불쾌함을 느낀다. 월급을 받기 때문에 웃어야 한다는 사고방식은 버려라. 자신을 위해 미소 짓는다고 생각하라. 웃는 얼굴은 삶의 질 향상을 추구하는 현대인 모두에게 필수 요소이기 때문이다.

아름다운 미소는 하루아침에 만들어지지 않는다. 틈틈이

거울 앞에서 입꼬리를 올리고 웃는 연습을 해보자. 이때 양 입꼬리를 올리는 기분으로 "위스키" 하고 소리 내면 입꼬리 근육을 단련할 수 있을 뿐만 아니라 보다 쉽게 자연스러운 미소를 연출할 수 있다.

처음에는 의식적으로라도 웃어보는 것으로 시작하면 된다. 그리고 고객과 눈이 마주칠 때마다, 가족, 이웃, 동료 등 아는 사람과 마주칠 때마다 무조건 미소를 띠어야 한다는 공식을 머릿속에 입력하라. 그러면 당신 얼굴이 점점 좋은 느낌을 주는 모습으로 변화할 것이다. 자연스레 당신 삶도 더욱 윤택해질 것이다.

머리 모양은 단정한 스타일일수록 호감을 준다. 그리고 세련된 인사는 품격을 나타내는 중요한 요소다. 가령 고객에게 무조건 인사를 열심히만 할 것이 아니라 제대로 잘해야 하는 것이다. 표정 없는 기계적인 인사는 오히려 거부감만 줄 뿐이다. 또 정중하게 한답시고 허리를 지나치게 많이 숙이면 품위가 없다. 인사는 정중하되 세련되게 해야 한다. 고객의 눈과 마주치는 순간 미소 띤 얼굴로 "어서 오십시오" 하고 밝은 목소리로 인사해보라. 고객은 물론이고 내 기분마저 상쾌

해질 것이다.

대화 역시 세련된 분위기가 중요하다. 세련되고 친근한 대화를 하려면 상대의 눈과 마주친 상태에서 미소 띤 얼굴과 맑고 밝은 목소리를 유지해야 한다. 그리고 상대방의 목소리 톤에 맞추는 것도 고감도 기술이다. 즉, 목소리가 큰 사람에게는 큰 목소리로 말하고, 조용한 사람에게는 낮은 톤으로 말하는 것이 세련된 응대 기술이다. 결과적으로 상대의 스타일을 파악해서 적절히 대응할 수 있는 능력이야말로 큰 자산인 것이다. 또한 방향이나 물건을 가리킬 때의 세련된 제스처는 열 마디 말보다 더 효과적이어서 품격 있는 사람으로 보이게 하는 힘이 있다.

21세기는 이미지 커뮤니케이션 시대다. 자신의 부가가치를 최고로 높이고 싶다면 자기만의 고유한 이미지를 구축해야 한다. 제아무리 업무 실력이 뛰어나다 할지라도 사회가 요구하는 전략적 이미지, 즉 자신의 직위에 걸맞은 이미지를 연출하지 못하면 자기도 모르는 사이에 조직에서 밀려나게 된다.

이미지 메이킹은 연예인이나 특정인들만 하는 것이 아니다. 개성이 존중되는 개인 중심 시대의 현대인 모두에게 필요한 도구다. 외적 이미지의 개선이 이루어지면 심리적으로 시너지가 발생해 자신감도 증폭된다. 그에 따라 삶의 질도 같이 향상된다. 그 기적을 꼭 경험해보기 바란다.

생존하려면 관습과 타성에서 벗어나라

"에스키모는 들개를 사냥하기 위해 날카로운 창에 동물의 피를 발라 들판에 세워둔다. 이 피 냄새를 맡고 모여든 들개들은 날카로운 창에 묻어 있는 피를 핥다가 추운 날씨 탓에 혀가 마비되고 자신의 혀에서 피가 나와도 누구의 피인지 모르고 계속 창끝을 핥는다. 그리고 결국 비극적으로 죽어간다. 죽지 않으려면 타성에서 벗어나야 한다."

- 신상훈 전 신한은행 행장

"현재 상태에 안주하면 매너리즘에 빠지고 관습에 얽매여 결국 망하는 것이 당연한 이치다. 관습이라는 것이 그저 따라만 하면 참 편하고 문제가 발생해도 '관습에 따랐다'고 하면 그만이지만, 관습을 지키거나 따라 하기만 해서는 역사의 뒷전으로 사라지게 된다."

- 김쌍수 전 LG전자 부회장

살아남으려면 관습과 타성으로부터 벗어나야 한다. 그렇지 않으면 자기도 모르는 사이에 설 자리를 잃게 될지도 모른다.

내가 맡은 일의 참된 가치

셰익스피어가 하루는 유명한 식당에 식사를 하러 갔다. 그의 명성이 널리 알려져 있었기 때문에 그가 식당 문으로 들어서자 안에 있던 손님들이 일제히 일어서서 그를 향해 경의를 표했다.

그 순간 현관에서 청소를 하고 있던 한 청년이 들고 있던 빗자루를 휙 던지더니 고개를 숙이고 탄식을 하는 것이었다.

이 모습을 본 셰익스피어는 발걸음을 멈추고 다가가 그 청
년의 어깨를 두드리며 "여보게! 젊은이답지 않게 웬 한숨인
가?" 하고 물었다. 그러자 청년이 미안하다는 듯이 이렇게 말
했다.

"선생님, 생각할수록 이처럼 원통하고 한탄할 일이 어디
있겠습니까? 선생님이나 저나 같은 남자로 태어났는데 선생
님은 이렇게 존경을 받고 저는 선생님의 지나간 발자국이나
쓸어야 하는 청소부에 불과하니…. 제 신세를 생각하면 한숨
이 절로 나옵니다."

이 말을 들은 셰익스피어는 청년의 어깨를 토닥이며 이렇
게 위로했다.

"여보게, 자네는 결코 내가 지나간 발자국을 치운 것이 아
니라네. 자네는 빗자루를 들고 하나님께서 만드신 우주의 한
부분을 아름답게 만들고 있다네. 나도 자네와 똑같이 펜대를
들고 하나님께서 만드신 이 우주의 한 부분을 아름답게 만들
고 있을 뿐이야. 자네나 나나 하나님이 보시기에는 똑같은
직업을 갖고 있다네."

그러자 청년은 살며시 웃으며 놓았던 빗자루를 다시 들고

전보다 더 열심히 일했다고 한다.

- 캔 블랜차드, 《당신도 인생의 리더가 될 수 있다》 중에서

이익을 기업 활동의 목적으로 삼을 것인가? 혹은 사회적 가치 창출 같은 바람직한 기업 활동의 결과물로 볼 것인가? 이것은 기업의 성패를 가를 정도로 중요한 척도가 된다.

이익만을 목적으로 경영하는 것은 공 대신 득점판을 보면서 테니스를 하는 것과 같다. 이익 창출은 절대적으로 중요하지만 이익을 위해 다른 중요한 가치를 희생시키는 것 또한 절대적으로 옳지 않다.

용기란 무엇인가

진정한 용기란 무엇인가? 독일계 신학자로 미국에서 활약했던 폴 틸리히 교수가 용기에 대해 이렇게 말한 적이 있다.

"가장 중요한 것을 위해 보다 덜 중요한 것을 버릴 수 있는 것이 용

기다."

옳은 말이다. 인생은 어차피 모든 것을 다 누릴 수 없고, 다 가질 수도 없다. 무언가를 얻기 위해서는 다른 무언가를 버릴 수 있어야 한다. 가장 소중한 것을 얻기 위해서는 보다 덜 중요한 것을 기꺼이 버려야 한다.

중국 사람들이 원숭이를 잡을 때 사용하는 방법이 있다. 원숭이가 땅콩을 좋아하기에 그들이 자주 지나다니는 숲속 길목에 땅콩이 든 옹기 항아리를 하나 묶어 둔다. 항아리의 주둥이는 겨우 원숭이의 쫙 편 손이 들어갈 만한 크기다. 땅콩 냄새를 맡은 원숭이는 항아리 속에 손을 넣어 땅콩을 한 움큼 잡고 손을 빼려 한다. 그러나 움켜쥔 땅콩 때문에 항아리 주둥이에 손이 걸린다. 그때 가서 원숭이를 잡는다.

손에 든 땅콩을 버리면 살 수 있는데 그깟 땅콩이 아까워서 차마 못 버리고 잡혀 죽는 원숭이가 어리석어 보이는가? 그러나 원숭이만 그런 것이 아니다. 우리 중에도 더 소중한 것을 얻으려면 지금 손에 잡은 것을 버려야 하는데 계속 붙잡고 있다가 결국 모든 것을 잃는 사람들이 적지 않다. 버려야 할 것을 버릴 수 있는 것이 용기다!

너무 빠른 단념

실패의 최대 원인은 일시적인 패배 때문에 너무나 쉽게 단념해버리는 것이다. 누구나 한번쯤 그런 경험이 있지 않을까?

금광을 찾아 너도나도 서부로 몰리던 미국의 골드러시 시대에 있었던 이야기다. 더비와 그의 숙부도 삽과 곡괭이를 들고 서부를 돌아다녔다. 그리고 곧 금광맥을 찾아냈다. 그런데 금을 채굴하기 위한 기계와 장비가 필요했기 때문에 더비는 잠시 일을 중단하고 고향으로 돌아가 자금을 빌려 필요한 것들을 장만해서 돌아왔다.

더비와 숙부가 이렇게 캐낸 금은 콜로라도주에서 가장 품질이 좋다고 인정받게 되었다. 이로써 두 사람은 금방 빚을 갚을 수 있겠구나 싶었는데 문제는 그다음에 일어났다. 착암기로 뚫고 내려가는 만큼 그들의 꿈도 부풀어가던 어느 날 갑자기 금맥이 사라진 것이다. 그들의 꿈은 허무하게 무너졌고, 그곳에는 이제 한 조각의 금도 남아 있지 않았다.

그래도 그들은 절망과 싸우면서 기도하는 마음으로 차근차근 파 내려갔다. 그러나 결국 모든 것이 물거품이 되어 사라졌음을 인정해야만 했다. 그들은 채굴 장비를 싼값으로 몽땅 고물상에 팔아치우고 고향으로 돌아갔다.

그런데 그 장비를 산 고물상 주인이 혹시나 하는 마음에 광산 기술자를 데리고 가서는 그곳이 정말 가망이 없는지 조사해보았다. 그 결과, 더비와 숙부가 채굴을 단념한 지층으로부터 1m 아래에 금이 묻혀 있었다. 그들은 단층에 관한 지식이 없었던 것이다. 고물상 주인은 이 금광맥에서 몇 백만 달러에 달하는 엄청난 금광석을 캐내 큰 부자가 되었다. 이것은 소망을 단념하기 전에 보다 확실한 근거를 확인하기 위해 전문가의 의견을 구하는 지식과 지혜, 그리고 그렇게 할 마음의 여유를 가진 자에게만 주어지는 대가였다.

나중에 그 이야기를 들은 더비는 쉽게 포기한 것을 뼈저리게 후회했다. 그러나 그 후 이 대실패의 경험은 그가 생명보험 회사에서 세일즈맨으로 일하게 되면서부터 큰 도움이 되었다. 서부에서 겪은 실패는 사소한 부주의와 포기에서 발생했다는 것을 깨달은 그는 이것을 철저한 교훈으로 삼았다.

"타깃 고객이 'No'라고 해도 결코 단념하지 않겠다. 광산에서 당한 실패를 두 번 다시 되풀이하지 않겠다!"라고 다짐한 더비는 연간 100만 달러가 넘는 계약 실적을 올리는 등 단시간에 세일즈맨으로 대성공을 거두었다. 그는 '단념하는 사나이'에서 '한번 달려들면 결코 놓치지 않는 끈질긴 사나이'로 변신했다.

누구나 예외 없이 성공을 획득할 때까지의 인생은 절망과 좌절의 반복이다. 일시적인 패배에서 모든 것을 단념하거나 포기하기란 정말 간단하며, 더욱이 그 좌절에 그럴듯한 변명을 붙이는 것은 별로 어렵지 않다. 그래서 대다수가 일시적인 패배로 인해 곧 소망을 포기해버린다.

대부분의 사람들은 소극적이거나 의심하는 습관이 완전히 몸에 배어 타인의 말을 있는 그대로 받아들이려 하지 않는다. 이런 사람들은 자기가 가진 문제, 염려하는 일, 불안, 자신의 지위 등이 뜻대로 되지 않으면 상황이나 남의 탓으로 돌리고 아니면 운이 아주 나빴기 때문에 하는 수 없었다고 변명하거나 자신을 위로하고 만다.

- 나폴레온 힐,《놓치고 싶지 않은 나의 꿈 나의 인생》중에서

일시적인 패배 때문에 소망을 포기하지 마라. 포기하지 않고 앞으로 조금씩만이라도 나아갈 수 있는 용기가 있다면 반드시 이룰 수 있을 것이다.

무엇을 찾느냐

어느 산속 조그마한 절에 노스님이 꼬마 스님과 단 둘이 살고 있었다. 하루는 노스님이 물을 길어 오라고 했다. 꼬마 스님이 노래를 부르며 물을 담으려는데 우물에 달이 둥둥 떠 있는 것이 보였다.

'그래! 저 달을 길어 가면 스님께서 좋아하실 거야.'

꼬마 스님은 우물에 떠 있는 달을 조심조심 담았다.

"왜 이리 늦었느냐?"

"달을 길어 오느라고요."

꼬마 스님은 의기양양한 표정으로 물병의 물을 따랐다.

"어? 이상하네. 스님, 왜 달이 안 나오죠?"

꼬마 스님이 자꾸만 물병을 기울이고 들여다보는데도 노 스님은 그저 말없이 웃기만 했다.

4장

대화는 이해다

대화는 이해다

서로 말이 안 통하는 것은 머릿속에 자신의 말만 가득 차 있기 때문이다. 진정한 대화는 자신의 말을 모두 버리는 것이다. 상대방 역시 자기가 하고 싶은 말을 버릴 때 비로소 대화는 성립된다. 그렇게 되면 서로에게 말이 필요 없어진다. 서로가 서로의 말을 들어주고 싶고 이해하고 있는데 무슨 대화가 필요하겠는가!

정말로 통하는 것은 서로 간의 침묵이다. 눈빛이고 미소다. 혹시 함께하고 있는 그 누군가와 대화가 통하지 않는다고 여긴다면 그것은 아마도 머리와 마음속이 그에 대한 당신의 말로만 가득 차 있기 때문일 것이다. 대화를 하려면 먼저 당신의 말을 버리고 그의 아래에 서라. 대화는 곧 이해다.

변화 거부자는 이미 죽은 사람이다

"변화를 거부하는 사람은 이미 죽은 사람이다. 안정성이라는 것은 시냇물에 떠내려가는 죽은 물고기와 같다. 이 나라에서 우리가 아는 유일한 안정성은 변화뿐이다. 만약 목표를 성취하는 데 방해가 된다면 모든 시스템을 뜯어고치고, 모든 방법을 폐기하고, 모든 이론을 던져버려라."

- 헨리 포드, 나의 산업론

변화의 중압감에 지친 현대인은 빨리 변화의 소용돌이가 그치기를 바라면서 바짝 엎드리고 싶은 마음, 즉 복지부동이 간절할 수 있다. 그러나 앞으로 다가올 미래에 변화와 혁신에 대한 요구가 지금보다 줄어드는 시기는 결코 없을 것이다. 피할 수 없으면 변화를 즐기는 것이 올바른 선택이다.

신뢰 자산을 구축하라

미국인 다섯 명 중 네 명이 제품을 고를 때 해당 제품을 생산한 기업의 명성을 고려하며, 그들 중 36%가 구매를 결정하는 중요한 요인으로 기업의 명성을 꼽았다고 홍보 컨설팅사 'Hill & Knowlton'은 밝혔다. 고객만족은 제품의 품질이나 직원들의 친절도에 의해서도 결정되지만, 그 기업의 사회적인 명성과 신뢰 정도에도 크게 영향을 받는다고 한다. 최근 중요성이 부각되고 있는 브랜드 자산의 근저에는 소비자의 신뢰가 자리하고 있다.

신뢰와 명성을 얻는 일은 매우 힘들고 오래 걸리지만 잃는 것은 한순간이다. 순간적인 눈속임이나 한두 번의 노력만으로 좋은 평판을 얻을 순 없다. 정당하고 도덕적인 철학과 가치관을 바탕으로 달콤한 유혹들을 물리치고, 기본과 원칙을 충실하게 지켜나가야만 신뢰와 명성을 오랫동안 유지할 수 있다.

GM은 자사 웹사이트에 소비자가 직접 경쟁사의 차와 비교해 원하는 것을 고를 수 있도록 시스템을 설계해 고객들의 신뢰를 얻고 있다. 자사의 이익보다는 고객의 이익을 우선시하는 철저한 고객 눈높이 경영 방식인 것이다.

이외에도 정도 경영, 사회적 책임 다하기, 소비자의 사내 정책 참여 유도와 같은 다양한 노력을 오랜 기간 계속해나갈 때 고객은 자신은 물론이고 주변 사람들까지 충성 고객으로 만들어준다. 이것이 바로 장기적 관점에서의 성공 방정식이 되는 것이다.

의리 있는 독립군

일제 시대 때의 이야기다. 두 명의 독립군이 골목길을 걸어가고 있었다. 그런데 저쪽에서 일본 순사가 두 독립군을 노려보며 마주 걸어왔다. 두 독립군 중 한 사람은 증명서가 있었지만 한 사람은 없었다. 큰일이었다.

마주 걸어오던 순사가 순간적으로 품속에 손을 넣었다. 권총을 꺼내는 게 틀림없었다. 그때였다. 증명서를 가진 독립군이 갑자기 옆 골목으로 후다닥 뛰기 시작했다. 순사가 자기를 뒤쫓는 동안 동지가 도망칠 수 있게 하려는 것이었다.

"서라!"

순사가 권총을 뽑아들고 도망치는 독립군의 뒤를 쫓아왔다. 그동안 증명서가 없는 독립군은 다른 골목으로 사라졌다. 도망치던 독립군은 잠시 후 멈추었다. 순사가 숨을 헐떡이며 총을 들이댔다.

"증명서를 내보여라."

독립군은 증명서를 보여주었다. 완전한 증명서였다. 증명서를 한참 들여다보던 순사가 화가 나서 물었다.

"왜 도망간 것이냐? 아무 죄도 없으면서?"

독립군이 대답했다.

"조금 전에 설사약을 먹었거든요. 약을 지어준 의사가 설사약을 먹은 뒤에는 꼭 5분씩 뛰라고 했어요."

"그래? 그렇다면 내가 쫓아오는 걸 알면서도 계속 도망친 이유는 뭔가?"

"아, 그거야, 순사 나리도 설사약을 먹은 줄 알았죠."

진정한 영웅 나폴레옹

나폴레옹의 아버지는 가난한 코르시카섬의 귀족이었지만 아들을 브리엔의 귀족학교에 보냈다. 나폴레옹이 그곳에서 만난 아이들은 모두 돈 많은 귀족 출신의 자제들로 거만하기가 이를 데 없었다. 나폴레옹은 안하무인격으로 비아냥거리는 그들의 놀림에 화가 치밀었지만 당하고 있을 수밖에 없었다.

어느 날 도저히 참을 수 없었던 나폴레옹은 아버지에게 편지를 써서 다른 학교로 옮겨달라고 사정했다.

"외국 아이들의 조롱을 참는 일이나 우리 집이 가난한 것에 대해 변명하는 일에 이젠 지쳤어요. 그 아이들이 나보다 나은 것이 있다면 단지 돈이 많다는 것 하나뿐인데 어째서 저의 원대한 포부와 사상의 발끝에도 미치지 못하는 그들에게 계속 굴복해야 하는 거죠?"

그의 편지를 읽은 아버지가 간단한 답장을 보내왔다.

"우리가 가난한 것은 사실이다. 하지만 너는 반드시 그곳에서 공부를 계속해야 한다."

그 후로도 나폴레옹은 그 학교에서 5년 동안 학업을 계속했다. 가난한 아이들을 무시하고 조롱하는 귀족들을 볼 때마다 언젠가는 저들에게 본때를 보여주리라 속으로 굳게 맹세했다. 이러한 결심은 하루아침에 이룰 수 있는 일은 아니었기에 나폴레옹은 세부적인 계획을 세워 실천해나갔다. 그는 거만하면서도 한편으로는 어리석기 짝이 없는 한심한 귀족들을 보면서 자신의 성공을 위한 발판으로 삼았다.

군에 입대한 나폴레옹은 여자와 도박에 빠져 여가 시간을 허송세월하는 동료 귀족들을 수없이 보았다. 그는 자신의 외모로는 사람들의 호감을 얻지 못한다는 것을 알고 저들과의 경쟁에서 이기려면 공부에 전념하는 방법밖에 없다고 판단했다. 그런 이유로 도서관에서 살다시피 하며 전략과 전술에 관한 많은 책을 섭렵했다.

도서관이야말로 나폴레옹이 자유롭게 숨 쉴 수 있는 유일한 공간이었다. 나폴레옹의 독서 습관은 철저했다. 책을 선택할 때에도 자신의 이상 실현에 도움이 되지 않는 것들은 과감히 떨쳐버렸다. 그는 심심풀이용 책이나 흥미 위주의 책을 읽느라 귀중한 시간을 낭비하지 않았다.

작고 허름한 방에서 독서에 몰두하는 동안 고독과 외로움을 참고 견뎌야 했지만 나폴레옹은 결코 포기하지 않았다. 언젠가는 총사령관이 되어 있을 미래의 모습을 상상하거나 그것도 지루할 때면 코르시카섬의 지도를 그려보면서 어느 지역에 방어 기지가 있어야 적당한지를 세심하게 파악해두었다.

이것은 수학적 지식을 동원해야만 가능한 일이었다. 이러한 사전 준비로 인해 나폴레옹은 첫 번째 기회가 왔을 때 그 능력을 유감없이 발휘했다. 평소에 그를 지켜보던 상사가 드디어 나폴레옹을 발탁했다. 그에게 맡겨진 첫 번째 임무는 매우 복잡한 계산 능력을 요하는 작업이었고, 나폴레옹은 기대 이상의 성과를 보여주었다. 이를 계기로 나폴레옹은 또 다른 기회를 얻게 되었다. 그에게도 서서히 서광이 비치기 시작했다.

그러자 과거에 나폴레옹을 비웃던 사람들이 그에게로 몰려들기 시작했다. 나폴레옹을 무시하던 사람들도 이제는 모두 그의 친구가 되고 싶어 했다. 그들이 웃음거리로 삼았던 나폴레옹의 작은 키나 가난은 이제 더 이상 문제가 되지 않았다.

그러나 이것은 결코 기적이 아니었다. 그가 명석한 두뇌의 소유자였던 것은 사실이지만 스스로 독서라는 각고의 노력을 기울이지 않았다면 기회가 와도 그것을 잡을 수 없었을 것이다. 그리고 무엇보다 나폴레옹의 원대한 이상과 야심 찬 의욕이야말로 바로 자기를 무시하던 사람들의 편견을 뛰어넘을 수 있는 원동력이 되었다.

만약 열등감을 느낄 만큼 작고 왜소한 외모가 아니었다면, 가난을 조롱하던 사람들의 멸시와 비웃음이 없었다면, 그리고 학교를 옮겨달라는 나폴레옹의 요구를 아버지가 들어주었더라면 그의 의지는 이처럼 강인해지지 못했을 것이다. 나폴레옹이 위대한 황제가 될 수 있었던 이유는 세계를 정복하기 전에 엄청난 양의 독서로 자신의 결점부터 극복했기 때문이다.

운명이란 누군가에 의해 정해져 있는 것이 아니다. 스스로 개척해나가는 것이다. 위대한 인물일수록 선천적인 결함을 도약의 발판으로 삼아 더 높이 뛰어올랐다. 지금의 처지에 절망하거나 주위를 원망하는 것은 어리석은 짓일 뿐이다.

어느 노인의 해후

소록도에서 목회를 하는 김 목사에게 어느 날 일흔이 훨씬 넘은 노인이 찾아왔다. 노인의 용건은 이 섬에서 살게 해달라는 것이었다. 그는 40년 전 이곳에 온 적이 있었는데, 열 명의 자녀 가운데 열한 살짜리 아들이 나병에 걸려 오게 되었다고 설명하며 사연을 털어놓았다.

노인은 당시 아들을 병원에 맡기려는 순간, 눈썹도 없고 살이 썩어가는 사람들을 보니 차마 그런 곳에 어린것을 선뜻 맡길 수가 없었다. 차라리 함께 죽는 게 낫겠다고 생각해 아무도 없는 바닷가에 가서 아들과 함께 한 발 두 발 물속으로 들어갔다. 거의 목까지 물이 찼을 때, 갑자기 아들 녀석이 돌아보더니 아버지 가슴을 떠밀며 악을 쓰는 것이었다.

"문둥이는 난데 왜 아버지까지 죽어야 해요? 아버지만 믿고 사는 형이랑 누나, 동생들은 어떻게 살라구요?"

자기 혼자 죽을 테니 어서 나가라고 완강하게 떠미는 아들을 아버지는 와락 껴안고 말았다. 흐르는 눈물을 주체할 수가 없었다. 그렇게 아들은 어쩔 수 없이 병원으로 보내졌고, 그는 서울로 돌아가 정신없는 세월을 보냈다.

시간은 흘러 열심히 키운 아홉 명의 자녀 모두 장성해 결혼도 하고 손자 손녀도 두었다고 한다. 그리고 점점 나이가 들면서 자식들 눈치를 보며 외롭게 살다 보니 이제야 40년 전에 헤어진 아들 생각이 나서 이렇게 보러 왔다는 것이었다.

열한 살에 나병 환자가 되어 소록도라는 섬에 홀로 남겨진 아들은 이제 쉰이 넘은 나이에 그동안 겪은 병고로 더 늙어 보였지만 눈빛만은 예전과 다름없이 투명하고 맑았다. 아들이 그를 껴안고 울면서 이렇게 말했다.

"아버지를 한시도 잊은 날이 없습니다. 아버지를 다시 만나게 해달라고 40년이나 기도해왔는데 이제야 응답을 받았네요."

'자식이 몹쓸 병에 걸렸다고 무정하게 내다버리고는 한 번도 찾지 않은 애비를 원망하고 저주해도 모자랄 텐데….'

무너지는 가슴을 붙잡고 노인은 이렇게 말했다.

"온 정성을 쏟아 가꾼 9개의 화초보다 쓸모없다고 내다 버린 하나의 나무가 더 싱싱하고 푸르게 자라 있었다는 것을 이제야 알았습니다. 예수 그리스도 그분이 누구인지는 모르지만 내 아들을 이토록 티 없이 맑게 변화시킨 존재라면 나 또한 마음을 다해 받아들이겠습니다."

대단한 신입 사원

새로 입사한 판매 사원이 일을 잘하고 있는지 궁금해진 사장이 그에게 물었다.

"자네 오늘 몇 명의 고객을 상대했는가?"

"한 명입니다."

직원이 대답했다.

"겨우 한 명에게 물건을 팔았다는 말인가? 도대체 뭘 팔았나?"

사장은 한심하다는 듯 그를 추궁했다. 그러나 직원의 대답은 놀라웠다.

"처음에는 그저 미끼와 낚싯대, 그리고 낚싯줄을 팔았는데, 손님에게 어디서 낚시를 하실 거냐고 물었더니 바다로 갈 거라고 하더군요. 그래서 바다에서 낚시를 할 때 작은 배가 있으면 좋을 거라고 말해주었습니다. 그랬더니 배를 구입하더군요. 그런데 그 배를 손님 차에 실을 수가 없을 것 같아서 다시 소형 포터를 권했을 뿐입니다."

놀란 사장이 다시 물었다.

"아니, 자네는 단순히 미끼를 사러 온 사람에게 어떻게 그 많은 것을 팔 수 있었나?"

직원은 여전히 대수롭지 않다는 듯 천연덕스럽게 말했다.

"사실 그 손님이 온 첫 번째 목적은 두통을 앓는 아내에게 줄 아스피린 한 알을 사기 위해서였어요. 그래서 손님에게 아내분의 두통을 낫게 해주려면 약보다는 편하게 내버려두는 것이 더 효과적이라고 말하면서 마침 주말이 다가오니 낚시나 하며 생각해보시는 게 어떻겠냐고 권했을 뿐이랍니다."

이처럼 자기중심적 사고방식에서 벗어나서 상대방의 눈

높이에서 문제를 바라보면 예상 밖의 큰 수확을 얻을 수도 있다.

진짜 사람

철학자 산토가 종인 이숩에게 말했다.

"목욕탕에 가서 사람이 많은지 보고 오너라."

이숩이 가서 보니 목욕하러 온 사람들이 많았다. 그런데 목욕탕 입구에 커다란 돌 하나가 아무렇게나 버려져 있어서 드나드는 사람들이 꼭 한 번씩은 그 돌에 걸려 넘어졌다. 사람들은 누가 돌을 갖다놓았느냐고 욕을 퍼부어대기는 했지만 치우려는 사람은 단 한 명도 없었다.

이숩은 그 돌부리에 걸려 넘어지는 사람들의 어리석음을 보고 놀랐다. 그러다가 어떤 사람이 또 그 돌에 걸려 넘어지더니 소리를 질렀다.

"누구야! 여기에 돌을 갖다놓은 놈한테 벼락이나 떨어져라!"

그러더니 돌을 한쪽으로 치워놓고 목욕탕 안으로 들어

갔다.

집으로 돌아온 이숍이 말했다.

"주인님, 목욕탕에는 한 사람밖에 없습니다."

그러자 산토가 말했다.

"한 사람밖에 없어? 그럼 지금이야말로 내 마음대로 실컷 목욕할 수 있겠구나. 필요한 것들을 챙겨서 날 따라오너라."

그렇게 해서 목욕탕에 갔는데 엄청나게 많은 사람들이 북적거리고 있는 것이 아닌가.

"아니, 목욕탕에 한 사람밖에 없다고 하지 않았느냐?"

"네, 제가 분명히 그렇게 말씀드렸죠. 그런데 이 돌 보이세요? 이 돌이 입구에 놓여 있었답니다. 그래서 드나드는 사람들이 죄다 그 돌부리에 걸려 넘어졌습죠. 그런데 돌을 치우려는 사람은 아무도 없었어요. 그 많은 사람들 가운데 딱 한 명만이 다른 사람들이 넘어지지 않도록 돌을 다른 곳으로 치워놓았답니다. 제 눈에는 그 사람만 진짜 사람으로 보였습니다. 저는 주인님께 진실만을 말씀드렸습니다."

1년에 200권 이상 책을 읽는 방법

책은 가치를 매길 수 없는 보물 창고다. 우리를 계발시키고 고무하고 유익한 정보를 제공한다. 사는 동안 뚜렷한 목표를 세워 계속 전진하도록 이끌어주기도 한다. 중급 수준의 독서가라면 한 쪽을 읽는 데 1분 정도 걸릴 것이다. 소설과 전기, 여행, 흥미 등에 관한 책이라면 한 쪽을 읽는 데 1분이면 충분하다.

책은 보면 볼수록 읽고 이해하는 시간은 점점 단축된다. 소설을 예로 들어보자. 1분에 두 쪽을 읽을 수 있다면 15분 동안에 30쪽을 보는 셈이며, 한 달에 900쪽을 독파하게 된다. 웬만한 책 세 권 분량이다. 날마다 15분씩 1년이면 얼마나 될까? 놀랍게도 300쪽짜리 책 36권이다. 아무것도 아닌 15분이 날마다 쌓이면 36권의 책을 읽을 수 있는 시간이 되는 셈이다. 시간이 없어서 책을 못 읽는다고? 이것은 궁색한 자기변명이라고 분명히 말할 수 있다.

1년간 36권의 책을 읽는다는 것은 대단한 일이다. 공공 도서관에서 열심히 책을 빌리는 사람들의 독서량보다 세 배나 많은 양이다. 그런데 이런 독서량을 실현하는 것은 결코 어렵지 않다. 보편적인 공식은 없다. 날마다 15분만 챙기면 된다. 무심코 버리고 있는 자투리 시간들을 활용하는 것도 방법이다. 조금 더 욕심을 부려 책을 읽기 위해 짬을 낸다면 이는 초과 수확이 된다.

초과 독서 시간을 찾을 기회 또한 전혀 어렵지 않다. 우리에게 필요한 것은 결국 결단이다. 책을 읽겠다는 결심만 있다면 아무리 바쁘더라도 하루 15분 이상 독서할 시간을 챙길 수 있다. 침대 머리맡에도 한 권 두고, 화장실과 식탁 옆에도 각각 한 권씩 둔다. 책상 위에는 늘 책이 있어야 한다. 모든 곳에 책을 두고 규칙적으로 읽는다. 또 하나, 손이 닿는 곳에 반드시 책이 있어야 한다.

일단 책을 읽기 시작하면 15분 가운데 단 1분의 시간도 낭비해서는 안 된다. 아침에 출근할 때는 오늘 읽으려는 책을 들고 출근한다. 다 읽어가는 경우에는 새로 시작할 책까지 챙긴다. 그리고 어디를 가든지 항상 책을 손에 들고 다니는 습관을 들인다면 하루에 15분만이 아니라 30분 이상의 자투리 시간도 모을 수 있다.

항상 손에 책을 들고 다니면 이런 시간에 읽을 수 있어서 좋다. 버스, 지하철, 기차, 택시를 기다리거나 이용하는 시간에, 만날 사람을 기다리는 시간에, 차를 직접 운전할 경우 신호를 기다리는 틈에, 또는 출퇴근 시간에 차가 막힐 때, 식당에서 주문한 음식이 나오길 기다리는 시간에, 엘리베이터 안에서, 화장실에 앉아 있을 때 등이 모두 훌륭하게 독서할 수 있는 소중한 시간들이다.

나 역시 이런 자투리 시간과 속독을 통해 일주일에 4~5권의 책을 읽으며, 이것이 1년이면 200권 이상이 되기 때문에 날마다 틈틈이 책 읽기를 제안하는 바이다.

현명한 아내와 미련한 아내

현지에서 사탕수수를 매입해 시장에 내다 파는 한 상인이 있었다. 그는 매일 거두어들인 사탕수수를 마대에 넣었는데, 이 과정에서 적지 않은 양이 바닥에 떨어졌다. 상인은 크게 개의치 않았지만 옆에서 지켜보던 상인의 아내는 비록 부스러기에 불과할지라도 그냥 버리기에는 너무 아깝다는 생각이 들었다. 현명한 아내는 남편 몰래 그것들을 따로 모아두었다. 그러다 보니 어느새 꽤 많은 양의 사탕수수가 모였다.

몇 달 후, 사탕수수가 흉작이 들면서 상인의 생계에도 문제가 생겼다. 그때 아내가 그동안 모아두었던 사탕수수를 남편에게 내주었고, 두 사람은 이것을 시장에 내다 팔았다. 사탕수수가 귀해 값이 한창 비쌀 시기라 부부는 큰돈을 만지게 되었다.

이 이야기는 곧 온 마을로 퍼져나갔다. 시내에서 문구점을 운영하던 한 남자의 아내가 이 소문을 듣고 언젠가는 자신도 사탕수수 상인의 아내처럼 남편을 깜짝 놀라게 해주겠다고 결심했다. 그녀는 남편이 자리를 비울 때마다 가게에서 파는 물건을 조금씩 빼돌리기 시작했다.

그로부터 2년여의 시간이 흐른 어느 날, 아내는 지금이야말로 남편을 기쁘게 해줄 때라고 생각하고는 의기양양하게 남편을 불렀다. 그러나 그녀가 다락에 모아놓은 물건을 본 남편의 얼굴은 백지장처럼 하얗게 변했다. 남편을 속여가며 아내가 쟁여둔 물건은 해를 넘긴 달력과 날짜가 지난 신문

뭉치였다.

　머리만 굴린다고 아무나 성공하는 것이 아니다. 성공한 사람을 따라 한다고 똑같이 성공하는 것도 아니다. 성공하고 싶다면 시대를 앞서가는 지혜로운 안목이 있어야 한다.

기회에는 뒷머리가 없다

　고대 그리스의 올림포스 신전에 시간의 신 크로노스를 조각한 신상이 있었다. 발에는 날개가 달려 있고 오른손에는 날카로운 칼이 들려 있으며, 이마에는 곱슬곱슬한 머리카락이 늘어뜨려져 있었는데 이상하게도 뒷머리와 목덜미는 민숭민숭한 모습이었다.

　이 신상을 본 시인 포세이디프는 이렇게 노래했다.

　"시간은 쉼 없이 달려야 하니 발에 날개가 있고, 시간은 창끝보다 날카롭기에 오른손에 칼을 잡았으며, 시간은 만나는 사람이 잡을 수 있도록 앞이마에 머리칼이 있으나, 시간이 지난 후에는 누구도 잡을 수 없도록 뒷머리가 없다."

시간은 곧 기회다. 한번 놓친 기회는 두 번 다시 그 앞이마를 우리에게 보여주지 않는다.

아내의 빈자리

이 글을 읽는 순간 뜨거운 눈물이 가슴을 타고 흘러내렸다. 그리고 곧바로 행복비타민 가족들에게 보냈다. 그 글의 내용을 옮겨 소개한다.

아내가 어이없는 사고로 내 곁을 떠난 지 4년. 밥도 할 줄모르는 남편과 어린 아들을 두고 떠난 아내의 심정이 오죽했을까 싶고, 나는 나대로 아이에게 엄마 몫까지 해주지 못하는 것이 늘 가슴 아팠다.

언젠가 출장을 가기 위해 이른 새벽 아들에게 아침밥도 챙겨주지 못하고 서둘러 집을 나선 적이 있다. 밥은 조금 남아있었기에 계란찜만 얼른 데워놓고 잠이 덜 깬 아이에게 대충 설명한 후 일단 출발했다.

전화로 아이의 아침을 챙기느라 오전에는 일도 제대로 못했다. 그날 저녁 피곤한 몸으로 집에 돌아온 나는 아이에게 짧은 인삿말만 건넨 뒤 저녁밥 걱정은 뒤로한 채 방으로 들어와 양복을 벗고 침대에 몸을 던졌다.

그 순간 '푹!' 소리를 내며 빨간 국물과 라면 가락이 침대보와 이불에 퍼지는 것이 아닌가. 뜨거운 컵라면이 이불 속에 있었던 것이다.

"도대체 이 녀석이…."

나는 옷걸이를 들고 달려가 장난감을 갖고 노는 아이의 등과 엉덩이를 마구 때렸다.

"왜 아빠를 속상하게 해! 이불은 누가 빨라고 장난을 쳐, 이런 장난을!"

너무 화가 난 나는 때리는 것을 멈추지 않았다. 그때 아들의 울음 섞인 몇 마디가 나의 손을 멈추게 했다. 밥솥에 있던 밥은 아침에 먹었고, 점심은 유치원에서 먹었는데, 저녁때가 되어도 아빠가 오시지 않아서 싱크대 서랍에 있던 컵라면을 찾아 끓여 먹었다는 것이다. 그런데 가스레인지를 만지면 안 된다는 아빠의 말이 생각나서 보일러의 버튼을 '목욕'으로 누른 후 온수를 라면에 부어 하나는 자기가 먹고 하나는 이불 속에 넣어두었다는 것이다.

"아빠 라면이 식지 않게 하려고…. 친구에게 빌린 장난감을 갖고 놀다가 그만 아빠에게 알려준다는 걸 깜빡 잊었어요. 잘못했어요."

아들 앞에서 눈물을 보이고 싶지 않아서 나는 화장실로 뛰어 들어가 물을 크게 틀어놓고 엉엉 소리 내어 울었다. 한참 그러다가 정신을 차리고 나와서 우는 아이를 달래 약을 발라주고 잠을 재웠다.

라면 국물에 더러워진 침대보와 이불을 치우고 아이 방을 열어보니 얼마나 아팠던지 자면서도 흐느끼고 있었다. 녀석의 손에는 엄마의 사진이 들려 있었다. 나는 그저 오랫동안 문에 머리를 박고 서 있었다.

그 일이 있은 후 1년이 지난 지금까지 나름대로 아들아이에게 엄마 몫까지 하기 위해 신경을 많이 썼다. 아이는 이제 일곱 살이 되었다. 얼마 후면 유치원을 졸업하고 학교에 가게 된다. 다행히 아들은 티 없이 맑게 커가는 것 같았다. 그런데 얼마 전 또 한 차례 매를 들게 되었다. 유치원에서 전화가 왔는데 애가 오지 않았다는 것이다.

'이 녀석이 어떻게 된 걸까?'

떨리는 마음에 조퇴를 하고 여기저기 찾아봤지만 아이의 모습은 보이지 않았다. 온 동네가 떠나갈 정도로 이름을 부르며 애타게 찾다가 동네 문방구 오락기 앞에 앉아 있는 아들을 보았다. 또 화가 난 나는 아이를 때렸다. 아이는 한마디의 변명도 않고 잘못했다고만 했다. 나중에 안 사실이지만 그날은 유치원에서 엄마들과 함께 재롱잔치를 한 날이었다.

그 일이 있고 며칠 후 아이는 유치원에서 글을 배웠다며 자기 방에서 꼼짝 않고 뭔가를 쓰느라 열심이었다. 아들 녀석의 대견한 모습을 내려다보며 하늘에서 아내가 미소 짓고 있을 생각을 하니 나는 또 눈물을 참을 수가 없었다.

그렇게 또 1년여의 시간이 흘러 겨울이 되었다. 거리에 크리스마스 캐럴이 흘러나올 때쯤 아이가 또 일을 저질렀다. 회사에서 퇴근하려고 하는데 전화가 왔다. 동네 우체국 직원이었다. '댁의 아들이 우체통에 주소도 안 쓴 장난 편지를 100통이나 넣는 바람에 바쁜 연말 업무에 지장이 많다'는 것이었다. 서둘러 집으로 간 나는 아이를 불러놓고 다시는 들지 않으려던 매를 다시 들었다. 아이는 이번에도 잘못했다는 소리만 했다.

나는 아이를 한쪽 구석에 세우고 왜 그런 장난을 쳤는지 물었다. 그러자 아이는 울먹이는 소리로 대답했다.

"하늘나라 엄마한테 편지를 보낸 거예요."

나는 순간 울컥하며 눈시울이 빨개지는 것을 느꼈다. 나는 눈물을 참으며 아이에게 다시 물었다.

"그럼 왜 이렇게 많은 편지를 한꺼번에 보낸 거니?"

그러자 아이가 말했다.

"우체통 구멍이 높아서 키가 닿지 않았는데, 요즘에 다시 서보니 손이 닿길래 여태까지 써서 모아두었던 편지를 한꺼번에 넣은 거예요."

무슨 말을 해야 할지 먹먹했다. 잠시 후 나는 이렇게 말했다.

"엄마는 하늘나라에 계시니까 다음부터는 편지를 태워서 하늘로 올려 보내자꾸나."

아이가 잠든 후 나는 밖으로 나와 그 편지들을 태우기 시작했다. 녀석은 엄마에게 무슨 이야기를 하고 싶었을까? 궁금한 마음에 편지 몇 개를 읽어보았다. 그중 하나가 내 마음을 흔들어 엉엉 울고 말았다.

보고 싶은 엄마에게!

엄마! 오늘 유치원에서 재롱잔치를 했어. 근데 난 엄마가 없어서 유치원에 가지 않았어. 아빠가 엄마 생각날까봐 아빠한테는 얘기 안했어. 아빠가 날 찾으려고 막 온 동네를 돌아다녔는데 난 일부러 아빠 보는 앞에서 재미있게 놀았어. 아빠가 야단쳤는데 난 끝까지 얘기 안 했어.

엄마, 난 매일 아빠가 엄마 생각나서 우는 거 본다. 아빠도 나만큼 엄마가 보고 싶은가봐. 엄마! 근데 난 엄마 얼굴이 잘 생각 안 나. 내 꿈에 한 번만 엄마 얼굴 보여줘, 응? 보고 싶은 사람의 사진을 가슴에 품고 자면 그 사람이 꿈에 나타난대. 그래서 나 매일매일 엄마 사진 안고 자. 근데 왜 엄마는 안 나타나, 응? 엄마, 내가 안 보고 싶어?

도대체 아내의 빈자리는 언제쯤 채워질까?

자신을 이겨라

살다 보면 항상 좋은 일, 성공만 있는 것은 아니다. 실패도 있고, 좌절도 있다. 그렇기 때문에 삶에는 도전이 필요하고 응전이 필요한 것이다. 결과에 집착하기보다 최선을 다하고 결과를 기다리는 것이 중요하다.

남에게 과시하고 보여주기 위해 살려 하지 말고, 자신과의 싸움이라 생각하고 살아야 한다. 상대방과의 싸움에서는 오히려 이기기 쉽다. 그러나 자신, 내면과의 싸움에서 이기기가 더 어려운 법이다. 자신과의 싸움에서 이기는 사람은 무엇을 하든지 어렵지 않게 해나갈 수 있다.

내 삶은 전적으로 나에게 달려 있다. 내 삶을 어디로 끌고 갈지는 내 의지에 달려 있다. 나의 삶을 소중하게 가꾸려면 내 자존심과의 싸움에서 이겨야 한다. 오직 열매만, 결과만 중시하면서 살면 우리 삶은 너무 허망하다. 그 삶은 목적만 중시하는 삶이다. 목적을 중요시하며, 결과만 중요하게 생각하는 사람은 그것에 대한 집착이 많기 때문이다.

시작과 끝을 전혀 알 수 없는 인생의 도상에서 매순간 과정을 중요시하면 좋겠다. 내 운명을 신에게 맡겨둘 순 없다. 신은 매사 우리에게 간섭하지 않는다. 우리 스스로 유종의 미를 거두기까지 자신과의 싸움에서 이겨 매 순간이 즐거웠으면 좋겠다. 작은 일 하나에서도 감사의 마음이 넘쳐나는 행복을 찾고, 행복을 만들 줄 아는 삶을 살았으면 좋겠다.

- 최복현, 《마음을 열어주는 따뜻한 편지》 중에서

20년 만의 재회

헬렌은 그리움보다는 분노를 억누르며 대기실 의자에 앉아 있었다. 20년 만에 생모를 만나는 날이었기 때문이다.

헬렌은 선천적 시각장애인이었다. 그런 그녀를 아이가 없어 고민하던 독실한 가톨릭 신자 부부가 입양해 지금까지 키워주었다. 그리고 그동안 백방으로 수소문해 헬렌의 생모를 찾아주려던 양부모의 노력이 마침내 결실을 맺은 것이었다.

그러나 헬렌의 마음은 편치 않았다. 아무리 낳아주었다지만 앞도 못 보는 아이를 버린 사람을 만나서 무엇하겠느냐는 심정이었다. 그런 사정이 있었기에 그리움보다 분노가 앞서는 것은 어쩌면 당연한 일이었다.

"헬렌! 어머니가 오셨다. 일어나자."

양어머니의 음성이 들렸다.

마지못해 자리에서 일어서던 헬렌은 그만 소스라치게 놀라고 말았다.

"탁탁! 저벅저벅. 탁탁! 저벅저벅."

정상인이라면 신경도 쓰지 않겠지만 그녀에게는 너무나 익숙한 소리, 그것은 시각장애인이 지팡이로 바닥을 두드리며 걷는 소리였다. 헬렌의 생모 역시 시각장애인이었던 것이다.

비로소 헬렌은 알 수 있었다. 생모는 자기가 살고자 아이를 버린 것이 아니라, 아이를 살리기 위해 버렸음을!

"엄마!"

20년의 한과 슬픔이 녹아내린 기쁨의 외침이 대기실 안에 울려 퍼졌다.

- 《세상에서 가장 아름다운 이야기》 중에서

시간의 가치

1년의 가치를 알고 싶다면 학점을 받지 못한 학생에게 물어보라. 한 달의 가치를 알고 싶다면 미숙아를 낳은 어머니를 찾아가라. 한 주의 가치는 신문 편집자들이 잘 알고 있을 것이다. 1시간의 가치가 궁금하다면 사랑하는 이를 기다리는 사람에게 물어보라. 1분의 가치는 열차를 놓친 사람에게, 1초의 가치는 아찔한 사고를 순간적으로 피한 사람에게 물어보라.

누구나 매일 아침 86,400초를 부여받는다. 그 시간들 가운데 좋은 목적으로 사용하지 못하고 버려진 시간은 그냥 없어져버릴 뿐이다. 더 많이 사용할 수도 없다. 그러니 건강과 행복과 성공을 위해 최대한 사용할 수 있는 만큼 알차게 뽑아 쓰라. 지나가는 세월 속에서 최선을 다해 하루를 보내야 하는 것이다.

"인생을 사랑한다면 시간을 허비하지 말라"는 말이 있다. 누구에게나 시간은 공평하게 주어지는데 나중에 보면 어떤 사람은 앞서가고 어떤 사람은 낙오되어 있다. 이것은 하루하루 주어진 시간을 잘 사용했느냐, 허송했느냐에 따른 결과다. 앞서가는 사람이 되기 위해서는 내가 하는 일을 사랑하며 열정과 용기로 창조적 삶을 만들어 가치 있게 이끌어가야 한다.

아버지의 용기

스페인의 한 소년에 관한 이야기다. 집이 가난했던 소년은 상급 학교 진학을 포기하고 어느 백화점의 양복 코너에 점원으로 취직했다. 그는 매우 성실하게 일했으며, 손님에게도 항상 친절했다.

하루는 한 신사가 마음에 드는 양복을 고르더니 포장을 해달라고 했다. 소년은 양복을 정성껏 포장하다가 옷에 아주 작은 흠이 있는 것을 발견했다.

"손님, 이 옷은 흠이 있습니다. 다른 것을 고르시죠."

손님을 속일 수 없었던 소년은 친절하게 권했다. 그런데 하필 손님이 사고 싶어 하는 색상은 그것 한 벌뿐이었다. 손님은 다음에 다시 오겠다며 그냥 돌아갔다. 그러자 옆에서 지켜보던 주인이 몹시 화를 내며 소년을 꾸짖었다.

"모른 척했으면 양복 한 벌을 쉽게 팔 수 있었는데, 너 때문에 손해를 보지 않았느냐? 당장 그만두거라."

이렇게 해고를 당하고 집에 돌아온 소년은 가족들이 걱정할 모습이 떠올랐지만 아버지께 사실대로 말씀드렸다.

"아버지, 죄송합니다."

"아니다. 오히려 너의 양심과 용기를 칭찬하고 싶다."

아버지는 아들을 데리고 백화점으로 가서 주인에게 말했다.

"사장님, 감사합니다. 저는 사장님 같은 사람 곁에 제 자식을 더 이상 둘 수 없습니다. 이 아이 마음에 때가 끼기 전에 빨리 그만두게 해주셔서 오히려 고맙습니다."

이토록 재치 있는 아버지라니! 아들은 정직과 성실을 바탕으로 열심히 노력해 뒷날 큰 사업가로 성공했다.

5장 ✦
✦
기회의 문

큰 그릇이란

에드윈 스탠턴은 에이브러햄 링컨의 적이었던 사람이다. 그는 링컨에 대해 아주 신랄하게 비난을 퍼부었으며, 심지어 대통령이 되려고 하는 링컨에게 이런 말까지 했다.

"수염과 털이 많은 고릴라 대통령을 뽑을 바에야 아프리카에 가서 한 마리 데려오면 될 것 아닌가? 아프리카로 고릴라를 사러 가는 사람은 어리석은 사람이다. 왜냐하면 일리노이주의 스프링필드에 가면 좋은 고릴라가 한 마리 있으니 말이다."

자기에 대해 이렇게 심한 비난과 모욕을 퍼부었건만 링컨은 스탠턴을 유능한 인물로 인정했기에 휘하의 국방장관으로 임명했다. 정말 도량이 넓은 사람다운 처사였다.

링컨이 총을 맞고 쓰러졌을 때, 일찍이 그의 인격에 감복한 스탠턴은 대통령의 조용한 얼굴을 바라보며 눈물을 흘리면서 이렇게 말했다.

"여기에 누워 있는 이분은 인류가 소유할 수 있었던 최고의 인품을 가진 사람이었습니다."

값진 재판

미국의 제26대 대통령 루스벨트는 어느 날 한 주간지를 보다가 깜짝 놀랐다. 자신이 형편없는 술주정뱅이라는 기사가 실린 것이었다. 기분이 언짢아진 그는 비서관을 불러 이 상황을 어떻게 처리해야 할지를 물었다. 비서관은 당장 잡지사 사장과 기자를 불러 따끔하게 혼내주자고 했지만 루스벨트는 그것이 권력 남용이라고 여겨 잠시 생각에 잠겼다.

"정식으로 고소를 하게. 그리고 명예훼손으로 손해배상을 청구해야겠네."

"네?"

비서관은 꼭 그렇게까지 할 필요가 있을까 하고 생각했지만 대통령의 지시였기에 따라야만 했다.

그로부터 얼마 뒤 재판이 열리고, 많은 방청객들이 법정을 가득 메웠다. 대통령의 명예에 관한 민감한 사안인 만큼 판사는 신중하게 한 사람, 한 사람을 심문하고 이를 종합해 배심원들과 논의했다. 그리고 드디어 판결이 내려졌다.

"귀 잡지사의 기사는 허위로 판명되었으며, 개인의 명예를 훼손한 것이 인정되는바 귀사는 대통령에게 손해배상금을 지불하시오."

판결이 내려지자 사람들은 당연한 결과라고 고래를 끄덕이면서 이제 잡지사는 문을 닫게 생겼다고 수군댔다. 대통령을 상대로 한 재판에서 졌으니 배상금이 엄청날 것이라고 생각한 것이다.

그런데 이어진 판사의 말이 정말 황당했다.

"루스벨트 대통령이 요구한 손해배상금은 1달러입니다. 이로써 재판을 마칩니다."

"1달러?"

방청석은 또다시 술렁이기 시작했고, 자기 귀를 의심한 비서관이 루스벨트에게 물었다.

"각하, 명예훼손의 대가가 고작 1달러란 말씀입니까?"

그러자 대통령이 흐뭇한 미소를 지어 보이며 말했다.

"내게는 손해배상금이 의미가 없네. 중요한 것은 진실이야. 그리고 그 진실을 판단할 수 있는 건 권력이 아니라 사법부의 재판이지. 이제 진실이 밝혀졌으니 나는 그것으로 만족하네."

정직한 신하

어떤 임금이 신하들 가운데 거짓이 없는 정직한 자를 골라 공주와 결혼을 시키려 했다. 궁리 끝에 임금은 물에 삶아 생명력이 없는 씨앗을 신하들에게 주고서 각자 아름다운 꽃으로 잘 키워오라고 당부했다.

신하들은 제 몫의 씨앗을 화분에 심고 꽃이 피기를 기다렸으나 삶은 씨앗에서 싹이 나올 리 없었다. 할 수 없이 대부분의 신하들은 다른 씨앗을 심어서 키운 예쁜 꽃을 갖고 왔다.

그러나 한 신하만이 빈 화분을 들고 왔다.

　임금은 아름다운 꽃을 갖고 온 신하들을 꾸짖고 빈 화분을 갖고 온 신하에게 정직함을 칭찬하면서 공주와 결혼할 자격을 주었다.

작은 일 없이 큰일 없다

　한 마을에 네 사람이 빵집을 개업했다. 첫 번째 사람은 우리나라에서 제일 맛있는 빵집이란 간판을 내걸었고, 두 번째 사람은 세계에서 제일 맛있는 빵집이라고 썼다. 세 번째 사람은 우주에서 제일 맛있는 빵집이라 했고, 네 번째 사람은 우리 동네에서 제일 맛있는 빵집이라고 써 붙였다. 그런데 손님들은 네 번째 빵집으로 몰렸다.

　작은 일에 최선을 다하는 사람은 어디에 있어도 최선의 사람이 된다. 최고가 되려는 사람은 수단으로써 잠시 그 자리에 오를 수도 있다. 그러나 최선의 기반 없이 얻은 최고라는 타이틀은 결국 그것으로 인해 무너지고 만다.

지금의 위치에서 묵묵히 노력하는 최선은 온 세상에서 최고가 되는 첩경이다. 작은 일에 열심히, 성실하고 근면하게 임하는 것이 인생을 바르게 사는 길이다. 이상은 높이 가져야 하겠지만 현재 내가 발 딛고 있는 자리에서 나의 삶이 성실과 근면으로 특징되지 않으면 성공은 결코 있을 수 없다.

기회의 문

한 청년이 우연히 카드놀이에 끼게 되었다. 그런데 도중에 다툼이 일어났다. 그 다툼이 점점 큰 싸움으로 번졌고, 결국 격분한 그는 이성을 잃고 권총으로 상대방을 쏴 죽이고 말았다. 그는 체포되었고 교수형을 판결받았다.

청년을 사랑한 가족과 친척, 친구들이 진정서를 준비했고, 많은 이웃들도 거기에 서명해주었다. 진정서는 주지사에게 전달되었고, 그리스도인이었던 주지사는 진정서를 참작해

청년을 사면해주기로 결심했다. 주지사는 사면장을 주머니에 넣은 채 성경을 손에 들고 형무소로 찾아갔다. 주지사를 본 청년은 화를 벌컥 내면서 소리쳤다.

"당신 같은 사람은 벌써 수없이 만났소. 나도 과거에 종교 생활을 했단 말이오. 당장 여기서 나가지 않으면 간수를 불러 끌어내게 하겠소."

청년은 완강하게 마음의 문을 닫고 주지사를 거절했다. 주지사는 잠시 망설이다가 복잡한 표정을 한 채 돌아서서 나왔다. 잠시 후 간수가 청년에게 물었다.

"방금 주지사님과 무슨 얘기를 나누었소?"

"뭐라고요? 주지사님이라고요?"

"그렇소. 내가 알기로는 주지사께서 당신의 사면장을 가지고 온 것 같던데요."

기회는 어디에나 있고 누구에게나 찾아온다. 그러나 그때가 언제인지는 미리 알 수 없으며, 한번 지나간 기회는 다시 오지 않는다.

대통령의 얼굴빛

어떤 군인이 군법을 어긴 죄로 사형선고를 받았다. 이 군인은 어느 미망인의 삼대독자였다. 소식을 들은 어머니는 기가 막혔다. 그녀는 아들을 살리기 위해 백방으로 노력했으나 모두 허사였다.

마지막으로 대통령에게 호소하고자 어머니는 당시 대통령이었던 링컨을 찾아갔다. 어머니가 너무나 간절히 아들의 석방을 간청하자 링컨은 측은한 마음에 특별사면을 했다. 어머니는 뛸 듯이 기뻤다. 그리고 백악관을 나오면서 혼잣말로 "소문이 거짓말이구나"라고 중얼거렸다. 옆을 지나던 사람이 그 소리를 듣고 "무엇이 거짓말입니까?"라고 물었다. 그러자 미망인이 말했다.

"사람들이 수군대기를 대통령 얼굴이 아주 못생겼다고 하던데, 오늘 뵙고 보니 어찌 그리 인자하시고 얼굴도 아름다운지 놀랐답니다."

너무 높이 오르면 추락뿐이다

그리스 신화를 보면 명장 다이달로스와 그의 아들 이카로스의 이야기가 나온다. 다이달로스는 크레타섬의 왕 미노스를 위해 미궁을 만들었으나, 왕의 노여움을 사게 되어 아들 이카로스와 함께 탑에 투옥되었다. 크레타섬은 사방이 바다로 둘러싸여 있어 설사 탑을 빠져나온다 해도 바다까지 벗어나기란 불가능한 일이었다.

훌륭한 발명가이기도 했던 다이달로스는 고민 끝에 몇 주 동안 각양각색의 깃털을 모았다. 그리고 이 깃털을 밀랍으로 붙여 갈매기 날개 모양으로 두 쌍을 만들었다. 때를 기다려 하늘을 날 수 있을 만큼 바람이 불자 두 사람은 날개에 몸을 묶고 탑에서 뛰어내렸다. 다이달로스가 아들에게 말했다.

"명심해라. 너무 낮게 날면 바닷물에 날개가 젖어 가라앉고 만다. 그렇다고 너무 높게 날면 태양이 밀랍을 녹여 날개가 떨어져나갈 것이다."

처음 하늘을 날았을 때 그들은 무척 긴장했다. 발밑에는 바위투성이의 해안과 바위에 부서지는 세찬 파도가 시퍼렇게 꿈틀거리고 있었기 때문이다. 조금이라도 실수하면 살아날 가능성은 거의 없었다.

그러나 시간이 흐를수록 그들은 자신감을 얻었으며, 비상하는 자유를 만끽하기 시작했다. 밭에서 일을 하던 한 농부가 그들을 올려다보고는 놀라움에 입을 다물지 못했다. 들에서 놀던 아이들이 그들을 보고 손을 흔들었다. 소문은 순식간에 퍼져 사람들이 모두 집 밖으로 나와 하늘을 날고 있는 다이달로스와 이카로스를 올려다보았다.

"저들은 신일까?"

이카로스는 경이로운 눈빛으로 자신을 올려다보고 있는 사람들과 바다에 떠 있는 배들을 내려다보며 아버지의 경고를 무시한 채 더 높이 날아올랐다.

"이카로스, 어서 내려오거라!"

다이달로스가 소리쳤다.

"태양에 너무 가까이 갔잖니! 날개가 녹을지도 모른다니까!"

그러나 의기양양한 이카로스에게 아버지의 말은 들리지 않았다. 그 순간 깃털을 붙인 밀랍이 녹기 시작했고, 깃털은 사방으로 떨어져 나갔다. 이카로스는 팔을 허우적거리며 떨어지지 않으려고 안간힘을 썼지만 소용이 없었다. 그는 공포에 질려 울부짖었다.

"아버지, 날개가 떨어지고 있어요!"

말이 끝나기가 무섭게 이카로스는 수천 피트 아래의 땅으로 떨어져 죽고 말았다.

청빈낙도

고대 중국의 요임금에게는 '단주'라는 왕자가 있었다. 그러나 왕위를 승계할 만한 자격이 부족해 임금은 고민이 많았다. 보다 나은 사람에게 왕위를 물려주기 위해 임금은 기산 땅에 은거하는 '소부'라는 귀인을 찾아갔다.

임금은 소부에게 "그대가 내 뒤를 이어 왕이 되어주겠소?"라며 찾아온 뜻을 밝혔다. 그러나 청빈낙도를 분수로 알고 살던 소부는 일언지하에 거절했다. 그가 거절한 이유는 요임금이 천하를 다스리는 일이나 자신이 송아지를 먹이는 일이 매한가지인데 무엇하러 번거로운 일과 바꾸겠느냐는 것이었다.

이러한 소부의 인품에 미련을 버리지 못한 임금은 소부의 친구인 '허유'에게 사람을 보내 소부를 설득해달라고 부탁했다. 그러나 허유도 그 부탁을 단호히 거절하고 흐르는 강물에 귀를 씻었다. 그때 마침 송아지에게 물을 먹이러 온 소부가 전후 사정을 듣게 되었다. 이야기를 들은 소부는 강물이 더럽다며 상류로 올라가 송아지에게 물을 먹였다.

겸손한 지도자

4년에 걸친 남북전쟁이 북군의 승리로 끝난 후였다. 어느 날 링컨 대통령과 스토 부인이 만났다. 한 사람은 북군의 지도자로서 노예해방을 위해 싸웠고, 또 한 사람은 《톰 아저씨의 오두막》이라는 작품을 통해 인간 평등을 주장했다. 링컨은 부인을 보고 깜짝 놀랐다.

"여사님이 정말 스토 부인이십니까? 그토록 위대한 소설을 쓴 부인의 이미지는 좀 더 강인할 줄 알았습니다."

스토 부인은 잔잔한 미소를 지으며 말했다.

"사실 그 소설을 쓴 사람은 제가 아니었습니다. 노예제도를 보고 노여워하신 하나님이 쓰신 겁니다. 저는 단지 그분의 도구였을 뿐이죠. 각하의 모습도 제가 상상한 것과는 많이 다릅니다."

"사실은 저도 제가 싸운 게 아닙니다. 저 역시 작은 도구였을 뿐입니다."

겸손한 지도자가 역사를 창조하는 법이다.

투지가 이루어낸 성공

한 이스라엘 청년이 있었다. 그는 영국의 케임브리지 대학교를 졸업한 후 고국의 땅을 비옥한 옥토로 만들려는 큰 꿈을 세워 여리고 계곡으로 향했다. 멀리 사해와 모압 산지가 보였다. 그는 이곳의 사막에서 지하수를 개발하기로 계획을 세웠다. 그러나 주위 사람들은 이 마른땅에서는 절대로 물이 나오지 않는다고 말했다.

아직까지 풀 한 포기 나지 않는 모래밭이었지만 창조주 하나님은 여기서도 생명이 살 수 있도록 예비하셨으리라는 가능성을 믿고 그는 곧 지하수 개발에 착수했다. 그러나 일주일을 파고 열흘을 파도 여전히 모래뿐이었다.

한 달, 두 달이 지나고, 석 달이 지나도 물기조차 찾을 수가 없었다. 그렇게 여섯 달쯤 되었을 때였다. 마침내 물이 조금씩 고이기 시작했고, 곧이어 물줄기가 솟아났다. 사람들은 저마다 환호와 감격의 눈물을 흘렸다.

드디어 그 물을 끌어올려 사막을 옥토로 만들었다. 그리고 거대한 농장을 만들고, 농민 학교인 키부츠도 세웠다. 이 사막 농장에서 수확한 바나나와 오렌지를 외국으로 수출까지하기에 이르렀고, 그 후 그는 크게 성공했다. 끈질긴 투지와 인내로 마침내 성공한 것이다.

지혜로운 사람들의 특징

독일 베를린의 막스 플랑크 교육연구소가 15년 동안 1,000명을 대상으로 나이와 지혜의 연관성을 연구했다. 이 연구를 통해 지혜로운 사람들의 몇 가지 공통점이 밝혀졌다. 우선 지혜로운 사람들은 대부분 역경을 극복했거나 고난을 체험한 경험이 있었다. 가난한 환경에서 자라거나 인생의 어두운 단면을 일찍 체험한 사람들이 평탄한 삶을 살아온 사람보다 훨씬 지혜로웠다. 또한 개방적이고 창조적인 사람들이 나이가 들수록 점점 더 지혜의 빛을 발하게 되었다.

이를 바탕으로 연구소는 인생의 문제를 깊이 생각하는 사람들이 지혜를 얻는다고 발표했다. 그러나 고집이 세고 괴팍한 사람들은 나이가 들수록 점점 더 지혜와 신용을 잃어버린다고 경고한다. 명철을 얻는 것이 은을 얻는 것보다 나은 것이고, 지혜를 얻는 것이 금을 얻는 것보다 훨씬 나은 것이다.

선비의 깨달음

한 젊은 선비가 조랑말을 타고 밭갈이가 한참인 들판을 지나가고 있었다. 때마침 들에서 풀을 뜯고 있던 검정소와 누렁소 두 마리가 보이자 곁에 있던 농부에게 물었다.

"노인장, 저 두 마리 소 중에 어느 쪽이 더 힘이 셉니까?"

노인은 당황한 표정을 짓다가 얼른 다가와 선비의 귀에다 대고 낮은 목소리로 소곤거리며 말했다.

"힘이 세기로는 검정소가 더 낫지만 말없이 일을 잘하는 건 누렁소랍니다."

"허, 그렇군요. 그런데 뭐가 무서워 그 말을 귀에 대고 소곤거리십니까?"

"저 그게, 아무리 말 못하는 짐승이지만 자기 흉을 보는 걸 좋아할 리가 있겠습니까?"

이 말을 들은 선비는 크게 깨달았다.

"그렇다! 남의 잘못이나 실수를 함부로 말하는 것은 자기 잘못을 자랑하는 어리석음과 똑같은 것이구나!"

그 후 선비는 늙은 농부의 교훈을 일생 동안 가슴깊이 새기고 남의 잘못을 함부로 말하지 않았다. 그리고 어질고 착한 인품과 대쪽 같이 곧은 성격으로 모든 일을 바르게 처리해 후세에 많은 업적을 남긴 훌륭한 정승이 되었다. 그 선비가 바로 '황희 정승'이다.

여우의 짧은 생각

여우의 발은 험한 산길을 걸어 다니느라 가시에 찔리고 돌멩이에 부딪혀 성할 날이 없었다. 그러던 어느 날 여우는 인간들이 도로를 포장하는 것을 보게 되었다. 자갈길 위에 아스팔트를 입히자 감쪽같이 반들거리는 길로 둔갑하는 것이 아닌가.

여우는 '옳거니' 하고서 원대한 계획을 세우기에 이르렀다. 그것은 토끼를 잡아서 그 가죽으로 자기가 다니는 산길을 덮는 것이었다. 여우는 계획을 실행하고자 토끼를 잡았다.

"미안하지만 이 어르신이 산길을 편히 다니기 위해서는 너희가 희생할 수밖에 없구나."

그러자 토끼가 말했다.

"어르신, 이 산중 토끼를 다 잡아도 가죽 길을 만들기는 어려우실 겁니다. 대신 제 꼬리를 잘라 가죽신을 만들어 신으시면 산길이 토끼 가죽으로 덮은 길이나 다름없을 텐데 왜 굳이 힘든 방법을 택하십니까?"

혹시 우리도 세상을 내 마음에 들게끔 하느라 세월을 보내고 있지는 않은가? 세상만사를 바꾸기보다 우리의 마음 하나를 바꾸는 것이 훨씬 쉬운 방법임을 알기 바란다.

화가와 거지

몹시 춥고 어두운 겨울날 저녁이었다. 거리를 떠도는 거지는 춥고 굶주리고 지쳐서 누군가가 도와주기만을 간절히 바랐다. 그러나 날이 추워서인지 지나는 행인도 없고, 집이며 가게며 모든 문이 꼭꼭 닫혀 있었다. 이러다가는 길거리에서 얼어 죽겠다 싶어서 이집 저집 문을 두드려보았지만 아무도 열어주지 않았다. 그러다가 거의 아사할 지경에 이르렀다.

그때 저만치에서 발자국 소리가 들렸다. 거지는 반가웠다. 거지는 벽에 기대어 그 사람이 가까이 오기를 기다렸다. 가만 보니 옆구리에 그림 도구를 끼고 걸어오는 것이 화가가 틀림없었다. 거지는 화가에게 자기의 딱한 사정을 말했다.

화가는 지금 가진 돈이 없으니 자기를 따라 함께 집으로 가자고 했다. 화가의 집은 그 마을 변두리의 작은 오막살이였다. 화가도 가난한 사람이었다. 그러나 화가는 거지에게 따뜻한 친절을 베풀어 씻을 물을 주고, 허기를 달랠 빵을 주고, 잠자리를 마련해주었다.

다음 날 아침, 화가는 자기도 가난한 사람이라 줄 돈은 없고, 할 수 있는 건 그림뿐이니 초상화를 하나 그려주겠다고 했다. 화가는 그렇게 거지의 초상화를 그렸다. 으리으리한 저택을 배경으로 마당에는 아름다운 부인이 꽃을 손질하고 있으며, 그 옆에는 예쁜 아이들이 그네를 타고 노는 모습을 그려주었다.

거지는 말할 수 없이 고마웠다. 거지는 화가의 집을 떠나 정처 없이 길을 걸어갔다. 거지는 그날부터 어디에 머물든 잠자리에 들기 전에 그림을 들여다보았다. 그리고 그 그림대로 이루어지기를 간절히 기도했다. 그저 하루하루 빌어먹고 사는 거지였던 그에게 꿈이 생긴 것이었다.

그 후 더 놀라운 일이 일어났다. 거지는 그림에 그려진 삶을 살게 되었던 것이다. 그리고 나중에 그 화가에게도 은혜를 갚았다. 꿈의 힘이 얼마나 대단한지를 보여주는 이야기다.

뛰어난 현자의 지혜

옛 인도의 아크발 황제 시대에 베발이라는 대단한 현자가 있었다. 어느 날 황제가 어전으로 나오더니 벽에 줄을 하나 쓱 긋는 것이었다. 그러고는 신하들에게 말했다.

"잘 들어라. 지금부터 그대들은 내가 이 벽에 그은 줄을 짧게 만들 수 있는 방법을 찾아보라. 단, 이 줄에 절대로 손을 대서는 안 된다. 일절 손대지 않고 이 줄을 짧게 만들어야 한다."

아, 어쩌면 좋은가! 도저히 불가능해 보였다. 손도 안 대고 어떻게 더 짧게 만든단 말인가? 손만 댈 수 있다면 누구든 할 수 있는 일인데 말이다.

그때 베발이 돌연히 나섰다. 베발은 벽 쪽으로 성큼 다가가더니 그 줄 바로 밑에 다른 줄을 하나 그었다. 황제가 그은 줄보다 더 길게 말이다.

유익과 무익

어느 부자가 한 친구에게 말했다.

"이상하단 말일세. 내가 죽으면 내 재산을 모두 자선단체에 기부하겠다고 유언해두었는데도 왜 사람들은 나를 구두쇠라고 비난하는지 모르겠어."

친구가 말했다.

"글쎄, 왜일까? 내가 암소와 돼지 얘기를 하나 해주겠네."

친구가 들려준 이야기는 돼지와 암소의 대화였다.

어느 날 돼지가 암소에게 자기는 왜 사람들에게 인기가 없는지 모르겠다고 불평을 털어놓았다.

"사람들은 항상 암소의 부드러움과 온순함을 칭찬하지. 물론 넌 사람들에게 우유와 크림을 제공하긴 하지. 하지만 사실 난 사람들에게 더 많은 것을 준다고. 베이컨과 햄, 거기다 털까지 내주고 심지어 족발까지 주는데도 사람들은 여전히 날 좋아하지 않아. 도대체 왜 그러는지 모르겠어."

암소는 잠시 생각에 잠기더니 말했다.

"글쎄, 아마 그건 너와 달리 내가 살아 있을 때 유익한 것들을 제공하기 때문일 거야."

신혼여행

어느 젊은 부부가 신혼여행을 떠났다. 사내는 무사였다. 그들 신혼부부는 작은 배를 타고 섬으로 가고 있었다. 그런데 갑자기 폭풍우가 일었다. 작은 배가 폭풍우를 만났으니 매우 위험스러운 상황이었다.

그들은 거의 빠져 죽을 지경에 이르렀다. 신부는 두려움에 몸을 떨며 걱정스럽게 신랑을 바라보았다. 그런데 신랑은 평온하게 앉아 있는 것이었다. 마치 아무 일도 아니라는 듯. 그러나 배는 당장이라도 물속으로 가라앉을 것만 같았다. 신부가 말했다.

"여보, 뭐하고 있어요? 어떻게 그렇게 돌부처처럼 가만히 앉아만 있어요?"

무사 신랑이 돌연 칼집에서 칼을 빼들었다. 신부는 그를 이해할 수가 없었다.

'도대체 저이가 무슨 짓을 하고 있는 걸까?'

그때 갑자기 신랑이 칼을 신부의 목에 갖다 댔다. 그러자 신부는 웃기 시작했다. 신랑이 말했다.

"당신은 왜 웃고 있소? 칼이 목을 겨누고 있는데 말이오. 조금만 움직여도 다칠 텐데."

신부가 말했다.

"그렇긴 하지만 나를 사랑하는 당신 손에 칼이 있는데 무슨 일이 있겠어요? 칼은 위험하지만 그 칼을 당신이 쥐고 있잖아요."

신랑은 칼을 다시 집어넣고 이렇게 말했다.

"폭풍우는 신의 손에 있소. 폭풍우는 물론 위험하오. 그러나 그건 내가 사랑하고 또 나를 사랑하시는 신의 손에 있소. 그렇기 때문에 난 두려워하지 않는 것이오."

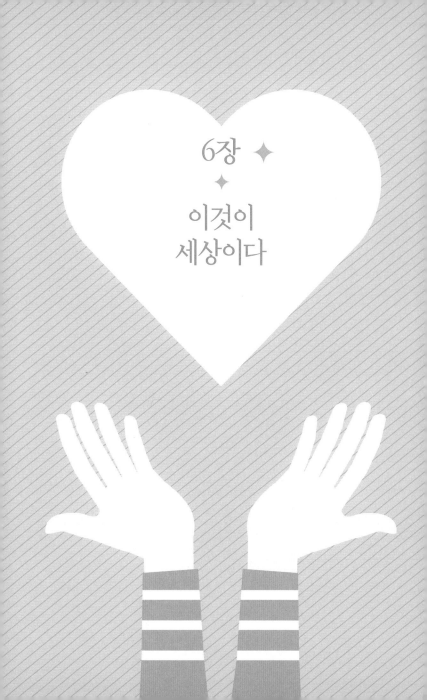

6장 ✦
✦
이것이
세상이다

완벽한 사람

한 남자가 기차로 세계 여행을 했다. 그가 여행을 한 목적은 완벽한 여성을 찾기 위해서였다. 그는 결혼을 하고 싶었지만 완벽하지 못한 여자와의 결혼은 도저히 견딜 수 없다고 생각했다. 오로지 완벽한 여자만을 원했다.

그러나 온 세상을 찾아 헤맸음에도 불구하고 완벽한 여자를 구할 수 없었다. 결국 그는 완벽한 여자를 찾는 데 일생을 허비하고 마침내 빈손으로 집에 돌아왔다. 그러자 친구가 찾아와서 말했다.

"이보게 친구, 완벽한 여자를 찾느라 그렇게 평생을 허비하다니. 이제 자네 나이도 일흔이지 않은가. 그런데 그동안 완벽한 여자가 단 한 명도 없더란 말인가?"

"꼭 한 명 있었다네. 우연히 정말 완벽한 여자를 하나 만났었지."

친구가 깜짝 놀라서 물었다.

"그래? 그래서 어찌 됐나?"

그는 침울한 표정으로 말했다.

"어떻게 됐냐고? 그녀는 완벽한 남자를 찾고 있더군. 그래서 결국 아무 일도 일어나지 않았다네."

내가 정한 한계

어떤 낚시꾼이 고기를 잡고 있었다. 그는 고기를 잡으면 길이를 재서 큰 것은 버리고 작은 것만 바구니에 담고 있었다.

"실례합니다만, 한 가지 물어봐도 될까요?"

"물론이죠."

"큰 고기는 버리고 작은 고기만 담는데 무슨 까닭이 있으십니까?"

"그야, 이유가 있죠. 우리 집 프라이팬의 크기가 10인치밖에 안 되어서 그보다 큰 건 곤란하답니다."

이 낚시꾼을 어리석다고 비웃을 수도 있지만 실제로 우리도 이와 비슷한 생각으로 살아가고 있는지도 모른다.

'나는 이것밖에 가진 게 없어. 지금까지 이렇게 살아왔으니 다른 생각은 할 필요도 없어.'

사람들은 어떤 형태로든 자신의 크기를 한정해놓고 그 이상의 것은 포기해버리곤 한다. 옛날 중국 여인들이 발을 묶어 더 이상 크지 못하게 했던 전족처럼 스스로를 묶어 성장을 중지시키는 것이다. 승진하고 싶다, 더 큰 집을 갖고 싶다 등 무언가 발전적인 것을 바라면서도 막연한 희망에 그칠 뿐 그 이상의 것은 시도하지 않는 것이다. 혹시 우리도 이 상태에 그냥 머물러 있는 것은 아닐까?

서서 세수하는 이유

단재 신채호는 구한말 국운이 다했을 때 민족혼을 부르짖어 일깨운 언론인이요 사학자였으며, 불굴의 독립정신으로 구국 항쟁의 선봉에 섰던 독립운동가다. 일본 경찰에 붙들려 9년 형기 중 마지막 1년을 남기고 1936년 2월 21일 오후 4시 20분, 57세의 일기로 수인번호 411을 떼버리지 못한 채 세상을 떠났다.

신채호에 대한 유명한 일화가 있는데, 아마도 많이들 알고 있을 것이다. 어느 날 춘원 이광수가 세수하는 신채호의 모습을 지켜보고 있었다. 특이하게도 그는 서서 세수를 하고 있었다. 이광수가 물었다.

"무슨 세수를 그 모양으로 하는가?"

"지금 우리 형편이 허리를 굽혀 세수하게 생겼소? 난 허리를 굽히고 살기는 싫소. 일본 놈들이 판을 치는 이 시국에 허리를 굽히다니…. 그놈들이 망하기 전까지는 절대로 허리를 굽히지 않을 거요."

이것이 신채호의 대답이었다. 고개를 숙이지 않고 무릎을 꿇지 않는 것이 단재의 항일 투쟁 정신이었다. 그는 항상 이렇게 말했다고 한다.

"사나이 한평생에 송장처럼 살아서야 쓰나? 살아서는 시끄럽게 살다가 죽을 때는 고요하게 죽어야지."

아닌 게 아니라 그는 그렇게 살다가 그렇게 죽었다. 그는 "일황의 신민이 될 수 없다"면서 호적 없이 살다가 죽었기 때문에 일본 관헌들이 매장을 허가하지 않아 묻힐 곳마저 없었다. 그러나 신채호 선생의 본관인 고령 신씨의 집성촌으로 옮겨진 유해는 종친인 면장이 배짱 좋게도 보란 듯이 그곳에 암매장했다.

이것이 세상이다

새 중에 가장 빠른 초원매 한 마리가 날카로운 발톱으로 얼룩 다람쥐를 움켜쥐고 둥지로 날아가고 있었다. 초원매의 발톱에 짓눌린 다람쥐는 몸이 떨려오기 시작했다.

"살려주세요! 지금 저의 어린 새끼들이 제가 돌아오기를 기다리고 있습니다."

애원하는 다람쥐의 두 눈에 눈물이 고여 있었다.

"제가 죽으면 굴속에 있는 제 새끼들을 누가 돌봅니까? 제

발 저의 새끼들을 봐서라도 저를 살려주십시오."

다람쥐는 고개를 돌려 초원매를 바라보았다. 괴로운 심정으로 저 멀리 둥지를 바라다보며 초원매가 말했다.

"미안해. 나도 오랫동안 먹을 걸 얻지 못해 굶주려 있는 내 새끼들을 먹여 살리려고 이러는 거야."

그날 다람쥐는 굶주린 초원매 새끼들의 먹이가 되고 말았다.

참는다는 것

중국의 한 젊은이가 벼슬자리를 얻어 임지로 떠났다. 그를 전송 나온 친구가 한 가지 충고를 했다. "벼슬자리에서 일하려면 무엇이건 참아야 하네" 하고 일러주었다. 젊은이는 "암, 참아야지…" 하고 대답했다.

조금 더 가더니 친구가 "벼슬자리에서 일하려면 무엇이든 참아야 하네" 하고 다시 충고를 했다. 젊은이는 또 "참고말고…" 하고 답했다.

조금 가더니 또 세 번째로 "몇 번이라도 참아야 하네. 참는 것을 잊어서는 안 되네" 하고 친구가 또 충고했다. 세 번째 충고에도 젊은이는 "암, 참고말고" 하고 대답했다.

그런데 조금 더 가다가 네 번째로 참아야 한다고 또 충고를 하는 것이었다. 칭찬도 세 번 하면 듣기 싫다는데 네 번씩이나 같은 충고를 하니 젊은이는 화가 났다.

"아, 이 사람아! 한두 번 말했으면 됐지. 네 번씩이나 날 조롱하는 건가?" 하고 화를 불끈 냈다. 그러자 친구가 말했다.

"친구여, 보게나. 네 번 말했다고 화를 내면 쓰나. 인내라는 것이 이렇게 힘든 것이네."

성공과 실패의 사소한 차이

실패한 사람들을 크게 나눠보면 너무 빨리 시작한 사람과 너무 늦게 시작한 사람으로 분류할 수 있다. 잘 생각해보라! 당신은 너무 빨리 시작해서 실패했는지 아니면 막차를 타서 실패했는지.

누구나 살아가면서 실패를 경험하기 마련이다. 그러나 그 실패를 어떻게 받아들이고 이용하는지에 따라 오늘의 실패가 내일의 성공이 될 수도 있다.

〈실패를 극복하는 10가지 방법〉

1. 실패 속에서 성공을 찾아라

실패를 분석하다 보면 모든 실패는 모종의 성공을 감추고 있다는 사실을 발견하게 된다.

2. 원인을 찾아라

즉, 자신의 실수에서 배워야 한다.

3. 시간을 두고 생각해라

충분한 시간을 두고 생각하면 실패는 일시적이라는 사실을 깨달을 수 있다.

4. 과거의 성공을 이용해 현재의 실패가 주는 충격을 완화해라

과거의 성공 이야기를 꺼내는 것만으로도 실패를 극복하기 위한 힘이 된다.

5. 내가 받은 축복을 돌이켜보라

긍정적인 측면을 바라보려 노력하고, 자신이 누리고 있는 것에
대해 일일이 되새겨보면 감사한 마음을 찾을 수 있다.

6. 긍정적인 이력서를 작성하라

자신의 장점과 긍정적인 자질을 생각나는 대로 적어보는 것이다.

7. 연습하면 완벽해진다

실패를 피할 수 없는 상황이라면 그 실패를 좋은 목적으로 사용
하거나 자신의 기술을 연습해볼 기회로 삼으면 된다.

8. 역경에 맞서 웃어라

웃음은 실패가 당신을 쓰러뜨리지 못하도록 하는 가장 효과적인
방법이다.

9. 사적으로 받아들이지 말라

비즈니스 세계에서 실패나 거절의 대상은 당신이 아니라 제품, 서비스, 혹은 회사다.

10. 손을 떼고 하늘에 맡겨라

실패에서 손을 떼고 그대로 잊어버린 뒤 다음으로 넘어가야 할 때도 있다.

이 중 가장 당신에게 필요하다고 생각되는 항목은 어떤 것인가? 이 모든 것을 한꺼번에 외우려 하기보다는 현재의 당신에게 가장 필요한 한 가지 항목을 찾아서 집중적으로 실생활에 적용해보기 바란다. 자기도 모르는 사이에 긍정적인 변화가 일어나게 될 것이다. 성공과 실패의 차이는 사소한 실천의 차이에서부터 시작된다.

- 이안 시모어, 《멘토》 중에서

세 번의 재치 있는 지혜

한 나그네가 예루살렘을 떠나 여행하던 도중에 어느 도시에 이르러 병이 들고 말았다. 그의 병은 나날이 악화되었고, 마침내 죽음 직전까지 이르게 되었다. 그는 죽음이 임박한 것을 알고 그동안 신세를 진 집주인을 불렀다. 나그네는 집주인을 믿었기에 자기 물건이며 귀중품을 모두 맡기고 다음과 같은 유언을 남겼다.

"예루살렘에서 내 아들이 오거든, 재치 있는 지혜를 세 번 보여주면 내 물건들을 아들에게 넘겨주십시오. 아들에게서 그런 재치가 보이지 않거든 물건을 주지 말고 당신이 가지십시오."

나그네가 죽은 뒤 마침내 그의 아들이 그곳에 도착했다. 성문에 이른 아들은 아버지가 신세를 진 집주인이 살고 있는 곳을 물었다. 그러나 아무도 그 사람이 어디에 사는지 대답해주지 않았다. 마침 그때 커다란 나무를 짊어진 사람이 지나가고 있었다.

"그 나무를 팔지 않겠습니까?"

나그네의 아들이 물었다.

"네, 그렇게 하죠."

나무의 주인이 대답했다.

"여기 돈이 있습니다."

아들은 그 나무를 아버지가 신세 진 집으로 갖고 가도록 부탁했다. 아들은 나무를 짊어진 사람의 뒤를 따라 마침내 찾고자 하던 집을 제대로 찾을 수 있었다. 이것이 첫 번째 현명한 방법이었다.

자신이 병으로 죽은 나그네의 아들이라고 소개하자 집 주인이 그를 환대하며 가족과 함께 식사를 하자고 권했다. 집에는 주인 내외와 두 아들, 그리고 두 딸이 있었다. 그런데 식탁 위에는 로스트 치킨이 다섯 마리밖에 나와 있지 않았다. 주인은 이 젊은 손님에게 치킨을 나누어달라고 부탁했다.

"제가 나누다니요, 황송합니다."

젊은이는 사양했다.

"괜찮습니다. 사양하지 마시고 잘 나눠 주시길 부탁드립니다."

주인은 거듭 부탁했다. 그래서 할 수 없이 젊은이는 치킨을 나누기로 했다. 그는 한 마리의 치킨을 주인 내외의 몫으로 나누었다. 다음 번 치킨은 두 아들의 몫으로 나누었다.

마찬가지로 세 번째 치킨을 두 딸의 몫으로 나누었다. 그리고 나머지 두 마리를 자기가 차지했다. 가족들은 손님의 이 엉뚱한 배분에 대해 아무 불평도 없이 먹기 시작했다. 이것이 주인이 그를 시험하는 두 번째 문제에 대한 답이었다.

저녁 식사 때에는 암탉 요리가 나왔다. 주인은 또다시 손님에게 암탉을 잘라서 나누도록 부탁했다. 이번에는 머리 부분을 주인 몫으로, 내장은 부인 몫으로, 다리는 두 아들에게, 날갯죽지는 두 딸에게 주고, 몸통은 자기가 차지했다. 이것은 주인이 그를 시험하는 세 번째 문제에 대한 답이었다.

"예루살렘에서는 이런 식으로 나누는 겁니까? 점심에는 아무 말도 여쭙지 않았습니다. 이번에는 그 이유를 꼭 들었으면 합니다."

주인이 손님에게 물었다.

"음식을 나누는 일이 내키지 않았지만 꼭 그렇게 해달라고 부탁하시기에 어쩔 수 없이…. 그럼 제가 나눈 방식을 설명해드리죠. 점심에는 일곱 사람에게 다섯 마리의 치킨을 나눠야 했는데 그 근거는 다음과 같습니다. 주인어른과 부인, 그리고 치킨 하나로 숫자는 3이 됩니다. 또 아드님 두 사람과 치킨 하나면 또 3이 됩니다. 따님 두 사람과 치킨 하나도 역시 3이죠. 거기다 저하고 치킨 둘이면 3이 되어 모두 3이 되도록 공평하게 나눠진 것입니다. 다음은 저녁입니다. 저는 먼저 주인어른에게 머리 부분을 드렸습니다. 그것은 주인어른이 이 집의 우두머리이기 때문입니다. 부인에게 내장을 드린 것은 풍요의 상징이기 때문에, 또 아드님에게 다리를 드린 것은 두 사람이 이 집의 기둥이기 때문입니다. 따님들에게 날개를 드린 것은 앞으로 장래에 두 분이 이 집을 나가 남편의 집에서 살게 되기 때문입니다. 저는 몸통 부분을 먹었는데, 그것은 제가 이곳에 배를 타고 와서 돌아갈 때도 배로 가기 때문입니다."

"참으로 훌륭하십니다. 과연 내 친구의 아들입니다."

주인은 탄복하며 나그네가 맡겼던 물건들을 그의 아들에게 내주었다.

"이것이 당신이 받을 유산입니다. 당신의 집안이 번영하길 기원합니다."

값진 인내

어느 작은 마을에서 일어난 일이다. 한 부인이 고아원을 차려 불쌍한 아이들을 돌보고 있었다. 그러나 부인은 형편이 넉넉지 못해 직접 거리에 나가 모금을 하곤 했다.

어느 날 그녀는 모금이 신통치 않아 동전 몇 개만 겨우 챙겨 어둠이 깔린 거리를 한없이 걷고 있었다. 길가에서 화려한 네온사인의 술집이 눈에 들어왔다. 부인은 마지막 희망을 걸고 술집 안으로 들어갔다.

술집 안에는 많은 손님들이 삼삼오오 무리를 지어 흥청거리고 있었다. 부인은 한 손님에게 다가가 친절한 목소리로 "부모 없는 아이들을 도와주세요. 작은 정성이라도 아이들에게는 큰 보탬이 됩니다" 하고 말했다.

그러자 손님은 잔뜩 언짢은 표정을 지으며 "뭐야, 귀찮게!" 하더니 느닷없이 마시던 맥주잔을 들어 부인 얼굴에 뿌리는 것이었다. 그 순간 술집 안에 있던 손님들의 시선이 모두 그곳으로 쏠렸다. 그러나 부인은 이내 화를 삭이더니 다시 상냥한 미소로 "손님, 손님께서는 저에게 맥주라도 주셨

지만, 우리 딱한 고아들에게는 무엇을 주시겠습니까?"라고
물었다.

부인의 말이 끝나자 다시 침묵이 흘렀다. 곁에서 이 광경
을 보고 있던 한 노인이 슬그머니 일어나 주머니에서 지폐를
꺼내 모금함에 넣더니 밖으로 나갔다. 이어 다른 손님들도
부인에게 다가와 역시 모금함에 돈을 넣었다.

그러자 난폭했던 그 손님도 부끄러운 표정을 감추지 못한
채 부인 곁으로 다가와 부인의 손에 자기의 지갑을 쥐어 주
며 "부인, 부끄럽습니다. 제 잘못을 용서해주십시오. 저는 부
인을 진심으로 존경합니다" 하더니 죄스러운 표정으로 걸어
나갔다.

부인이 모욕을 참을 수 있었던 것은 오직 고아들에 대한
사랑과 값진 인내심의 결과였다. 그 아름다운 마음이 끝내
많은 사람들을 감동시킨 것이다.

마더 테레사도 비슷한 일화가 있다. 젊은 시절에 죽어가는
고아들을 위해 빵집 주인에게 도와달라고 했을 때 그 주인이
그녀의 얼굴에 침을 뱉으며 "줄 것은 이것밖에 없다"고 행패

를 부렸다. 그러자 그녀는 "당신의 귀한 침을 제게 선물로 주셔서 감사합니다만, 어린 고아들에게는 무엇을 주시겠습니까?"라고 물었다. 잘못을 뉘우친 빵집 주인은 머리를 숙이고 고아들을 위해 빵을 내주었다.

모든 인간은 자기중심적이다

1965년 11월, 미국 동부에 대규모 정전이 일어났다. 뉴욕도 암흑 천지였다. 브루클린에 살고 있는 한 남자가 마침 전구를 갈아 끼우는 순간 정전이 되었다. 아내는 벌떡 일어나 창문 쪽으로 달려갔다. 창밖을 내다보니 뉴욕 시내가 온통 깜깜해 간간히 지나가는 자동차 불빛 외에는 아무것도 보이지 않았다.

"여보, 이건 너무했잖아요. 세상에, 당신이 전기를 잘못 만지는 바람에 뉴욕 전체가 정전이 되어버렸어요."

목숨은 빼앗겨도 신념은 굽히지 않는다

신념이란 소중한 것이다. 제2차 세계대전 중 동유럽의 어느 유대인 거리에서 일어났던 이 이야기는 언제 들어도 감동을 준다.

당시 그곳은 나치스의 점령국이었다. 어느 날 마을 주민들은 광장에 모이라는 지시를 받았다. 나치스의 장교는 유대인 군중들 속에서 한 중년의 교사를 끌어냈다. 장교는 그 교사가 유대교를 버리면 다른 사람들도 그 뒤를 따를 것이라고 생각했다.

"유대교를 버려라. 그러면 평생 살아가는 데 곤란하지 않도록 보장해주겠다."

"싫소."

교사는 당당하게 거부했다.

"네가 믿는 신은 존재하지 않는다. 네가 믿는 신을 부정한다면 네 가정도, 네 삶도 무탈할 것이다."

"절대로 그럴 수 없소."

중년의 교사는 조용한 목소리로 되풀이했다.

"유대교 신을 버려라. 그렇게 하면 우리가 지켜줄 것이다."

"절대로 그럴 수 없다!"

교사는 침착하고 조용한 목소리로 말했다.

"절대로 못한다고? 도대체 네가 지금 무슨 짓을 하고 있는지 아는가? 만약 유대교를 버리지 않으면 넌 죽게 된다. 그래도 내 말을 듣지 않을 텐가?"

광장에 모인 사람들은 긴장했다. 어떤 사람은 장교를 지켜보았으며, 어떤 사람은 교사를 바라보았다. 두려운 마음에 눈을 감아버리는 사람도 있었다.

"존재하지도 않는 신이 네 목숨보다 소중한가? 그렇게 소중하단 말이지? 잘 생각해보라고, 어리석은 놈 같으니!"

"당신은 내 신념을 굽힐 수 없소."

"단지 유대교를 버리겠다는 한마디만 하면 넌 살 수 있어!"

"싫소."

교사는 단호하게 말했다.

"그래? 죽어도 네 신을 버릴 수 없다는 말인가?"

장교는 권총을 빼서 교사를 겨누어 쏘았다.

총성이 울리고 총알이 교사의 어깨를 관통했다. 쓰러진 교사는 피를 흘리며 괴로워하면서도 "하나님은 하나님, 하나님만이 하나님"이라고 기도를 하고 있었다.

"이 더러운 유대인 놈!"

장교는 화가 나서 소리쳤다.

"우리의 군대가 너의 신보다 위대하다는 것을 모르는가? 네놈 목숨은 신이 결정하는 것이 아니라 우리가 마음대로 할 수 있다고! 유대교를 버린다고 한마디만 하면 치료를 받을 수 있도록 병원으로 데려가주겠다. 그리고 너희 가족들과 행복하게 살 수 있도록 해주겠다."

"싫소."

교사는 매우 괴로워하며 말했다. 장교는 어이가 없다는 듯이 서 있었다. 한순간 장교의 얼굴에 공포의 빛이 감돌았다. 장교는 교사를 향해 다시 총을 쏘았다. 두 발, 세 발, 네 발, 총소리가 연달아 울리는 중에도 계속 싫다고 중얼거리는 교사의 희미한 목소리를 그곳에 있던 사람들은 분명히 들었다. 그렇게 교사는 숨을 거두었다.

이 이야기는 사람들 속에 있었던 교사의 아들이 처음부터 끝까지 목격하고서 전해준 이야기라고 한다. 그리고 이 아들은 아버지가 무신론자이며 유대교를 믿지 않았다고 말했다. 그 교사는 자신의 말 한마디에 많은 유대인들의 신념이 평가되고 무너질 수 있다고 생각했던 것이다. 인간의 중심이 되는 것이 신념이기 때문이다.

우리는 조직 사회에 속한 한 사람에 불과하지만 그 한 사람이 지키지 못한 신념으로 인해 조직이 무너지거나 엄청난 피해를 입는 사례를 많이 볼 수 있다. 신념은 매우 중요한 것이며, 비록 목숨과 바꾼다 할지라도 지켜야 하는 것이 '신념'이라고 생각한다.

- 마빈 토케이어,
《영원히 살 것처럼 배우고 내일 죽을 것처럼 살아라》 중에서

인생이란 도움을 주고받는 것

다른 사람에게 도움을 받은 것을 잊어서는 안 된다. 지금까지 걸어온 당신의 인생 항로를 되돌아보라. 지금까지 아무

에게도 도움을 받은 적이 없다고 생각하는가?

인간은 누구나 가장 먼저 부모의 도움으로 이 세상에 태어난다. 스승으로부터는 이 세상을 살아가는 데 필요한 지혜를 배운다. 사회생활을 하면서는 여러 사람으로부터 도움을 받아가며 현재의 삶을 영위한다.

또한 친구와 동료, 나와 아무 관계가 없는 사람들로부터 알게 모르게 도움을 받으며 살아간다. 오로지 자기 혼자서 현재의 삶을 이루어놓았다고 생각한다면 매우 어리석고 위험한 사람이다.

인기 있는 사람

어떤 사람이 인기가 있을까? 바로 이런 사람들이다.

1. 잘 웃고, 옆에 있으면 즐거운 분위기가 느껴진다.

2. 다른 사람의 이야기를 잘 들어준다.

3. 성급하지 않으며, 다른 사람의 실력이 나아지기를 기다린다.

4. 사람은 모두 다르다는 사실을 알고 그 차이를 즐긴다.

5. 혼자서 즐기는 취미나 스포츠가 있다.

6. 누군가가 자기를 찾아오면 진심으로 기뻐한다.

7. 타인에게 친절하고 칭찬을 잘한다.

습관

나는 항상 당신 옆에 있다. 가장 의지가 되는 협력자이기도 하지만 귀찮은 존재이기도 하다. 지지할 때도 있지만 발목을 잡을 때도 있다. 나는 당신의 명령을 따른다. 나를 다루는 방법은 간단하다. 확인은 불필요하다. 무엇을 하고 싶은지 보여주고 조금만 연습하면 금세 자연스러워진다.

나는 모든 위대한 인물의 하인, 그리고 나는 모든 실수의 주인이다. 위대한 사람이 위대해진 이유는 내 덕분이다. 실수하는 사람이 실수하는 이유는 나 때문이다.

나는 기계는 아니지만 기계와 같은 정확함과 사람의 지성에 따라 움직인다. 나를 움직여서 이익을 얻을 수 있다면 파

멸을 불러올 수도 있다. 나와는 상관이 없다. 나를 이용해서
훈련하고 확실히 움직이게 하라. 그렇게 하면 이 세상을 발
밑에 놓을 수 있다. 하지만 얕보다가는 당신이 망한다.

　나는 누구인가? 나는 습관이다.

- 하이럼 스미스,

《성공하는 시간관리와 인생관리를 위한 10가지 자연 법칙》 중에서

페렌치오의 경영 철학

　제럴드 페렌치오 회장은 미국 로스앤젤레스 지역에서 가
장 성공한 투자가 중 한 사람으로, LA타임스는 그를 'LA의
황금 손'이라고 부른다. 그를 성공으로 이끈 경영 철학은 무
엇일까? 다음과 같다.

> 언론을 멀리하라. 인터뷰, 패널, 연설, 논평을 하지 말고 관심을
> 끌지 말라.
> 친척이나 친구를 고용하지 말라.

재고용을 하지 말라.

나보다 더 똑똑하고 나은 사람을 고용해서 책임을 지우라. 그래야 내가 편하다.

분수를 알라. 냉정하라.

과제를 수행하라. 준비하라.

팀워크를 지켜라.

선택권을 쥐고 남에게 절대 넘기지 말라.

직감과 상식에 의지하라. 이를 거부하면 후회한다.

놀라지 말라. 놀라움을 준 적도 없고 원하지도 않는다.

하고 있는 사업은 마지막까지 최선을 다하라.

매일 유니폼을 입을 때 양키 스타디움에서 경기에 임한다고 생각하라. 크게 생각하라.

문제가 있다면 지체하지 말고 곧바로 풀어라.

말이 많으면 배가 가라앉는다.

자신감을 극대화하되 오만해지지는 말라.

진정한 리더라면 다가가기 편해야 한다. 큰 직업도 작은 직업도 없다.

커뮤니케이션은 우리의 직업이다. 어떤 동료든지 아무 때나 어디서나 만날 수 있다.

실수했다면 인정하라. 그러나 실수를 너무 많이 하지는 말라.

고객의 사람이 되지 말라.

언제나 가장 확실한 (순탄한) 길을 선택하라. 과감하되 공정하고 유머 감각을 잃지 말라.

한마디 격려의 말

미국의 유명한 신학자 노먼 빈센트 필 목사는 대학 졸업을 하루 앞둔 날, 평생 잊지 못할 경험을 했다. 그날은 졸업생을 위한 환송 파티가 있는 날이었다. 파티를 마치고 돌아오는 길에 우연히 대학 총장인 존 호프만 교수와 함께 길을 걷게 되었다. 이런저런 이야기를 나누다가 총장의 사택 앞에 이르렀을 때였다. 총장은 필 목사의 어깨에 손을 얹더니 이렇게 말했다.

"여보게! 나는 자네를 참으로 좋아하네. 그래서 평소에 눈여겨보았는데, 참으로 소질이 많더군. 장차 큰 인물이 될 걸

세. 내 말을 명심하게."

필 목사는 집으로 돌아오는 길에 총장의 말을 계속 되뇌었다. 대학 졸업을 앞둔 시점에 총장으로부터 그런 칭찬을 들었으니 그 기쁨은 말로 표현할 수 없을 정도였다. 그는 그날뿐만 아니라 평생토록 총장의 말을 가슴깊이 간직했고, 또 그런 인물이 되고자 매사에 최선을 다했다. 한마디의 격려가 그의 일생을 이끌었던 것이다.

7장 ✦

✦

인생은
마음먹기에 달렸다

잘못을 시인하는 용기

18세기 이탈리아에서 있었던 일이다. 나폴리의 총독인 오수나 공작이 어느 날 죄수들이 노를 젓는 배를 시찰한 일이 있었다. 총독은 죄수를 한 사람씩 만나서 어떤 죄를 짓고 여기에 오게 되었는지 물었다. 죄수들은 한결같이 누명을 썼거나 뇌물을 받은 판사가 잘못된 판결을 내렸다며 억울하다고 항변했다. 그런데 한 죄수만이 이렇게 말했다.

"총독님, 저는 돈이 탐나서 남의 지갑을 훔친 죄인입니다. 그 벌을 지금 달게 받고 있습니다."

그 죄수의 말에 감동을 받은 총독이 부관에게 말했다.

"오, 이 사람은 정말 죄인이군! 그러니 그를 여기서 끌어내 배 밖으로 내보내게. 여기에는 이 사람 말고는 죄인이 하나도 없는데 그냥 두면 다른 사람들에게 나쁜 영향을 미치지 않겠는가?"

이 이야기에서는 자기의 죄를 시인한 죄수만이 총독의 선처를 받게 되었다. 잘못을 시인하며 용서를 구하는 일은 참으로 아름답다. 이런 사람을 용서해주지 않을 사람은 없을 것이다. 사람은 인정으로 살아가는 법이다.

사실 자기의 잘못을 인정하기란 누구에게나 쉽지 않다. 약점을 보이는 것 같기도 하고, 질책을 당할까 걱정도 되기 때문이다. 그러나 자신의 약한 모습과 직면할 용기가 있는 사람은 이미 자기 결점을 아는 것이고, 그만큼 무엇이 필요한지도 잘 알 수 있다. 보다 유리한 입장에서 더 나은 인생을 향해 주저 없이 나아갈 수 있는 것이다.

나를 놀리고 있군요

폭풍우가 몰아치던 어느 날 밤, 한 나이 많은 부부가 호텔을 찾아 방이 있는지 물었다.

"죄송합니다. 예약이 완료되어 방이 없습니다."

그러나 노부부의 얼굴에 실망한 기색이 역력하자 안내원은 다음과 같이 말했다.

"잠시 기다려보시겠습니까? 이 근처의 다른 호텔에 방이 있는지 알아보겠습니다."

몇 군데에 전화를 돌린 안내원은 안타까운 표정으로 이렇게 말했다.

"다른 호텔에도 남은 방이 없네요. 이런 험한 날씨에 다시 나가시게 할 순 없으니, 누추하지만 제 방에 묵으시면 어떻겠습니까?"

노부부는 안내원을 불편하게 하고 싶지 않아서 잠시 주저했지만 이내 생각을 바꿔 그의 친절을 받아들였다. 다음 날 아침, 부부는 숙박료를 계산하며 떠나기 전에 안내원에게 말했다.

"당신은 모든 호텔에서 탐낼 만큼 친절한 분이군요. 언젠가 내가 당신을 위한 호텔을 지을 것이오."

안내원은 이 말에 기분이 우쭐해졌다. 그러나 그저 도움을 받은 노인이 칭찬을 담아 농담을 한 것이라고 생각되어 웃음으로 답했을 뿐 크게 염두에 두지는 않았다.

그리고 몇 년이 지났다. 어느 날 안내원은 옛날 그 노인으로부터 등기 우편을 받았다. 노인은 그를 뉴욕으로 초대한다면서 왕복 비행기 티켓까지 동봉했다. 며칠 후 뉴욕에 도착한 안내원은 노인을 만났다. 그곳에는 새로 지은 거대한 호텔 건물이 우뚝 서 있었다.

"바로 이 건물이 당신이 경영할 호텔이오. 내가 몇 년 전에 말했죠. 그날의 내 말이 이젠 진짜라는 걸 알겠소?"

"아니 어르신, 저를 놀리시는 건가요? 원하시는 게 뭔가요? 도대체 누구시죠?"

"내 이름은 윌리엄 월도프 애스터라오. 원하는 건 없소. 당신이 내가 찾던 사람일 뿐이라오."

그 호텔이 바로 지금 뉴욕에 있는 세계적인 '월도프 아스토리아 호텔'이며, 그 호텔의 첫 총지배인이 된 젊은 안내원의 이름은 '조지 볼트'다.

좋은 사람이 되는 요령

사람 좋다는 말을 듣는다는 것은 참 기분 좋은 일이다. 그렇다면 어떤 사람이 좋은 사람인가? 간단한 문제는 아니지만 손쉬운 방법으로 좋은 사람이 되는 요령을 적어본다.

- 껌을 다 씹고 나면 휴지에 싸서 버린다. 별로 어렵지 않다. 껌 종이를 버리지 말고 주머니에 넣어두었다가 사용하면 된다.
- 친구들과 대화할 때 '뭐라고?', '그래서?', '그렇구나!', '근데?', '정말?', '와!' 같은 추임새를 넣어준다. 특히 여자들에게는 '어머' 또는 '웬일이니'와 강조용으로 '어머', '어머머' 등을 반복해 사용한다.
- 운전할 때 깜박이도 안 켜고 옆 차가 끼어들어도 욕하지 않는다. 그래도 욕이 나오면 다음 주까지 기다렸다가 한다.
- 아이와 걸을 때는 아이 보폭에 맞춰 천천히 차도 쪽으로 걸으며, 여자와 걸을 때도 차도 쪽으로 걷는다. 아이 입장에서 행동하고 약자를 보호한다는 것이 그렇게 어려운 일은 아니다.
- 옆에 누군가가 있으면 장소에 상관없이 담배를 피우지 않는다.

당신은 내가 씹던 껌을 주면 씹을 수 있는가? 다른 사람도 당신 목구멍과 콧구멍으로 나온 연기를 마시고 싶지 않다.

- 칭찬을 많이 하라. 진지한 칭찬은 어떤 선물보다도 오래간다. 5년 전 생일에 무엇을 받았는지는 기억에 없지만 20년 전 여자아이가 내게서 향긋한 비누 냄새가 난다던 칭찬은 아직도 기억난다.

- 친구가 말할 때는 잠자코 들어주어라. 친구는 충고가 필요한 것이 아니라 대화를 하고 싶을 뿐이다.

- 잘못 걸려온 전화라도 친절하게 설명해준다. 같은 사람이 또 잘못 걸어도 웃으며 받아준다. 세 번째까지도 괜찮다고 편하게 말해준다. 네 번째부터는 당신 마음대로 해도 된다.

어떤 의원은 개자식이 아니다

《톰 소여의 모험》,《허클베리 핀의 모험》등 전 세계 청소년들에게 꿈을 심어주었던 미국의 작가 마크 트웨인은 현실을 꿰뚫는 날카로운 눈을 갖고 있었다. 그는 1873년에 발표한 장편소설 《도금 시대》에서 미국 정부의 부패상과 자본가

들의 거대한 영향력을 폭로했다. 그의 신랄한 비판은 전 미국 언론의 주목을 받기에 충분했다.

어느 날 마크 트웨인은 사석에서 미국 국회의원의 도덕성을 묻는 질문을 받고 별생각 없이 "미국 국회의 어떤 의원은 개자식이다"라고 말했다. 며칠 후 한 일간신문이 이 말을 그대로 발표했고, 그 기사로 워싱턴 국회는 벌집을 쑤셔놓은 듯 들끓었다.

의원들은 일제히 그가 한 말이 사실인지 여부를 똑똑히 밝히거나, 잘못을 인정하는 사과문을 신문에 발표하지 않으면 법적인 모든 수단을 동원해 맞서겠다고 입을 모아 공격했다. 하지만 그는 아무 말도 하지 않았다.

며칠 후 〈뉴욕타임스〉에 마크 트웨인의 성명이 게재되었다.

"며칠 전 나는 한 모임에서 미국 국회의 어떤 의원에 대해 개자식이라고 말했습니다. 그 후 어떤 사람들은 나에게 잘못을 인정하라고 계속 협박해왔습니다. 그래서 재차 고려해보았는데, 그 자리에서 내가 한 말은 옳지 않았을 뿐만 아니라 사실에도 맞지 않는다는 생각이 들었습니다. 이에 오늘 특별히 성명을 발표해 그 말을 다음과 같이 수정합니다. '미국 국회의 어떤 의원은 개자식이 아니다.' 이상입니다."

옳지 않은 일을 옳지 않다고 말하는 이는 진정으로 용기 있는 사람이다. 나는 이 글을 읽고 이런 생각을 해보았다. 과연 우리 주위에는 소신을 갖고 그대로 자신의 길을 가는 사람이 과연 얼마나 될까? 그리고 이런 물음을 가진 나는 진정한 용기를 가진 사람일까?

가정이나 학교, 직장에서 자신의 생각을 자신 있게 말할 수 있는 사람, 그런 사람은 분명 누구보다 자신을 신뢰하는 사람일 것이다. 그리고 그런 사람은 인간적인 냄새가 사방으로 번져나가 다른 사람들에게까지 믿음을 가져다준다.

지금 우리의 모습은 어떤가? 헌신과 배려보다는 먼저 이해득실을 따지고, 앞에서는 칭찬하면서 뒤에서 비난하고 있지는 않은가? 자신에게 이익이 된다면 상대방은 어떻게 되든나 몰라라 하는 이기적인 모습은 아닌가?

갈수록 삭막해지고 치열해지는 이 세상, 어떤 상황에 놓이더라도 자신의 신념을 굽히지 않고 올바르게 행동하는 참된 마음을 지닌 사람이 많아졌으면 좋겠다.

칼보다 더 날카로운 말

카페에서 주문을 할 때의 말투를 보면 그 사람의 성격은 물론 인생관과 삶의 방식까지 알 수 있다. 예를 들어 커피를 주문할 때 "커피"라고 단어만 말하는 사람은 상대방을 존중하지 않고 안하무인격인 경우가 많다. 물론 지나치게 정중할 필요는 없지만 적어도 "커피 주세요" 혹은 "커피 한 잔이요"라고 문장을 완성해야 하지 않을까?

정중한 대접을 받고 싶다면 먼저 상대방을 정중하게 대접해야 한다. 주위를 둘러보면 "물", "계산서", "냅킨"과 같이 단어만 내뱉는 사람을 흔히 볼 수 있다. 그렇게 앞뒤 뚝 잘라먹고 반말처럼 내던지는 말이 얼마나 기분을 상하게 하는지 모르는 것일까?

말은 칼보다 훨씬 더 날카로워서 안전하게 포장하지 않으면 나도 남도 모두 다치고 만다. 우리 사회는 한 사람 한 사람이 톱니바퀴처럼 맞물려 돌아가고 있다. 따라서 당신이 누군가에게 상처를 입힌다면 그 상처는 다시 당신에게 돌아온다는 것을 잊어서는 안 된다.

무심코 뱉는 말은 부메랑처럼 반드시 자기에게 되돌아온다. 그러므로 한 마디 한 마디 신중하게 선택하고 말해야 할 것이다.

인생은 마음먹기에 달렸다

지금 괴로움에 빠져 있다면 행복했던 순간을 떠올려보라. 지금까지 살아오면서 느꼈던 사랑이나 감동을 떠올리면 괴로움마저 행복했던 그때의 감정으로 물들 것이다.

지인 중에 항상 웃는 얼굴을 하고 있는 사람이 있다. 며칠 전에도, 어제도, 오늘도, 웃는 표정이어서 한번은 그에게 물어보았다.

"언제나 즐거운 얼굴을 하고 계신데 매일 좋은 일이 있나 봐요."

그러자 그가 이렇게 말했다.

"살면서 어떻게 좋은 일만 있겠어요. 다만 기분 나쁘거나 속상한 일이 있어도 즐거운 생각만 하면서 살려고 노력하는 거죠."

바로 그거다. 마음먹기에 따라 우리 인생이 즐거워질 수 있다는 것! 불쾌한 일이 있더라도 이내 즐겁고 유쾌한 생각을 하도록 노력하면 된다. 얼굴을 찡그리고 화를 낸다고 해서 괴로움이 해결되지는 않는다. 마음먹기에 따라 하루하루를 지루하게 보낼 수도 있고, 즐겁고 행복하게 보낼 수도 있다.

"행복의 크기는 마음먹기의 크기에 달려 있다."

1,006개의 동전

예상은 하고 갔지만 아주머니의 얼굴을 보는 순간 나는 흠칫 놀라고 말았다. 얼굴 한쪽은 화상으로 심하게 일그러져 있었고, 2개의 구멍이 뚫려 있는 것으로 보아 예전에 코가 있던 자리임을 알 수 있을 정도였다. 순간 할 말을 잃고 있다가 여기 온 이유를 생각해내고는 마음을 가다듬었다.

"사회복지과에서 나왔는데요."

"너무 죄송합니다. 이런 누추한 곳까지 오시게 해서요. 어서 들어오세요."

금방이라도 떨어질 듯한 문을 열고 집 안으로 들어서자 밥상 하나와 장롱뿐인 방에서 훅 하고 이상한 냄새가 끼쳐 들어왔다. 그녀는 어린 딸에게 부엌에 있는 음료수를 내오라고 시켰다.

"괜찮습니다. 편하게 계세요. 얼굴은 어쩌다 다치셨습니까?"

그 한마디에 그녀의 과거가 줄줄이 나오기 시작했다.

"어렸을 때 집에 불이 나서 가족들은 죽고 아버지와 저만 살아남았어요."

그때 생긴 화상으로 온몸이 흉하게 일그러진 것이었다.

"그 사고 이후로 아버지는 허구한 날 술만 드시고 절 때리셨어요. 아버지 얼굴도 저처럼 흉터투성이였죠. 도저히 살수가 없어서 집을 뛰쳐나왔어요."

그러나 막상 집을 나온 그녀는 갈 곳이 없어 부랑자를 보호하는 시설에서 몇 년을 지내게 되었다.

"남편을 거기서 만났어요. 이 몸으로 어떻게 결혼을 했냐고요? 남편은 앞을 못 보는 시각장애인이었죠."

남편과 함께 살 때 지금의 딸도 낳았고, 그때가 인생에서 가장 행복한 시기였다고 그녀는 말했다. 그러나 행복도 정말 잠시, 남편은 딸아이가 태어나고 얼마 후 시름시름 앓더니 결국 세상을 등지고 말았다.

마지막으로 그녀가 할 수 있는 것은 전철역에서 구걸을 하는 일뿐이었다. 말하기도 얼마나 힘들었던지 그녀는 눈물을 쏟기 시작했다. 그러던 중 어느 의사 선생님의 도움을 받아 무료로 성형 수술을 하게 되었지만 여러 번의 수술로도 그녀의 얼굴은 나아지지 않았다고 한다.

"의사 선생님이 무슨 죄가 있나요. 원래 이런 얼굴, 얼마나 달라지겠어요."

수술만 하면 얼굴이 좋아져 일자리를 얻을 수 있을 거라고 생각했는데, 희망과는 달리 몸과 마음에 상처만 입고 절망에 빠지고 말았단다.

상담을 마치고 부엌을 돌아보니 라면 하나, 쌀 한 톨 보이지 않았다.

"쌀은 바로 올라올 거고요, 보조금도 나올 테니까 조금만 기다리세요."

일어서려는데 그녀가 장롱 깊숙한 곳에서 무언가를 꺼내 내 손에 쥐어 주는 게 아닌가.

"이게 뭐예요?"

검은 비닐봉지 속에서 짤그랑짤그랑 소리가 나는 것이 무슨 쇳덩이라도 든 것처럼 무거웠다. 봉지를 풀어보니 그 속에는 100원짜리 동전이 가득 들어 있었다. 어리둥절한 나에게 그녀는 잠시 뜸을 들이다가 입을 열었다.

"저 혼자 약속한 게 있었어요. 구걸하면서 1,000원짜리가 들어오면 생활비로 쓰고, 500원짜리는 점점 시력을 잃어가는 딸아이 수술비로 저축하기로요. 그리고 100원짜리가 들어오면 저보다 더 어려운 노인분들을 위해 드리기로 나 자신에게 약속을 해서 모은 동전이에요. 좋은 일에 써주세요."

내가 꼭 받아 가야 마음이 편하다는 그녀의 말을 뒤로하고 집에 돌아와서 동전을 세어보니 모두 1,006개의 동전이 들어 있었다. 그 돈을 세는 동안 내 열 손가락은 모두 얼룩져버렸지만 감히 그 거룩한 얼룩을 씻어내지 못하고 그저 그렇게 한 밤을 뜬눈으로 지새우고 말았다.

연금술의 비결

태국에 나이하송이라는 남자가 있었다. 그의 소원은 부자가 되는 것이었다. 그는 힘들게 일하지 않고도 많은 황금과 돈을 얻을 수 있는 연금술을 연마하는 것이 부자가 되는 지름길이라고 생각했다. 그래서 그는 자기가 가진 모든 것을 연금술을 익히는 데 바쳤다.

오래지 않아 그는 결국 빈털터리가 되었다. 참다못한 그의 아내는 친정 부모님에게 하소연하기에 이르렀다. 장인은 헛된 망상에 빠져 가정을 돌보지 않는 사위의 버릇을 고쳐주기로 마음먹었다. 장인은 그를 불러 말했다.

"사실 나는 이미 연금술을 터득했는데 아쉽게도 몇 가지 재료가 부족하다네."

그는 뛸 듯이 기뻐하며 말했다.

"그게 뭔지 알려만 주세요. 제가 당장 가서 구해 오겠습니다."

"내게 필요한 것은 바나나 잎사귀에서 채집한 백색 융모 세 근이라네. 그런데 반드시 자네가 직접 심은 바나나 나무에서 모은 것이어야 하네. 자네가 융모를 모아 오면 그때 내가 터득한 연금술을 전수해주겠네."

그는 집으로 돌아가자마자 그동안 돌보지 않아서 황폐해진 땅에 바나나 씨를 뿌렸다. 그리고 자기 땅에 심은 것뿐만 아니라 이웃의 바나나 나무까지 열심히 가꾸었다.

몇 달 후 바나나가 열렸고 그는 융모를 모으느라 정신이 없었다. 그의 아내와 아이들은 바나나를 따다가 시장에 내다 팔았다. 이렇게 10년이라는 세월이 흘렀다. 그는 마침내 세 근의 융모를 모으게 되었다.

그는 몹시 흥분한 얼굴로 장인을 찾아갔다. 장인은 사위에게 자기를 따라오라고 말했다. 장인을 따라가자 그곳에 금덩이로 가득 찬 방이 있었고 아내와 아이들도 함께 있었다. 어리둥절한 그에게 아내가 말했다.

"이 방에 있는 금덩이는 지난 10년 동안 당신이 열심히 가꾼 바나나를 팔아서 모은 거예요."

그제야 그는 일확천금의 연금술을 꿈꾸던 자신이 어리석 었음을 깨달았다.

누구나 한 번쯤은 일확천금에 대한 환상을 갖게 된다. 모 두 부자가 되기를 갈망하며 지름길을 찾으려고 한다. 그러나 열심히 묵묵히 성실하게 살다 보면 부와 명예는 저절로 다가 온다는 것을 잊은 채 살고 있다.

모든 것은 하늘의 뜻

옛날에 일하는 것을 그리 좋아하지 않는 국왕과 매사에 낙 천적인 재상이 살고 있었다. 사냥하는 것을 제외하고 국왕에 게는 별다른 취미가 없었다. 단지 좋아하는 것이 하나 있다 면 재상과 함께 사복으로 갈아입고 백성들이 사는 모습을 살 피는 일이었다. 재상은 때때로 우주 만물의 이치와 인생철학 을 탐구하며 시간을 보냈다. 그런 그가 입버릇처럼 하는 말 이 "모든 것은 하늘의 뜻에 달렸다"는 것이었다.

하루는 국왕이 그토록 좋아하는 사냥을 나갔다. 수행원들은 수십 마리의 사냥개를 풀었고, 분위기는 절정을 향해 뜨겁게 달아올랐다. 국왕의 풍모는 건장하고 기골이 장대해 한눈에도 국왕임을 알 수 있었다. 수행원들은 위풍당당하게 사냥하는 국왕의 모습에 모두 경탄해 마지않았다.

때마침 표범 한 마리가 국왕이 쏜 화살에 맞아 쓰러진 채 꼼짝도 하지 않았다. 국왕은 흥분이 채 가시지 않은 상태로 말에서 내려 표범을 살펴보았다. 그 순간 표범이 안간힘을 다해 뛰어오르더니 국왕을 덮쳤다. 입을 크게 벌리고 이빨을 드러낸 표범을 보며 국왕은 이제 끝났구나 싶어 눈을 감았다.

그때 국왕의 뒤를 따르던 수행원이 표범의 목덜미를 향해 활을 쏘았다. 표범은 무시무시한 포효를 멈추고 바닥에 쓰러졌다. 그러나 이미 국왕의 손가락은 피가 철철 흘렀고 서둘러 달려온 왕실의 주치의가 응급처치를 했다. 손마디가 잘려 나갔지만 다행히 치명적인 상처는 아니었다. 그러나 국왕은 화가 끓어올랐다. 자신의 실수였기에 누구를 원망할 수도 없어서 더 분했다.

궁으로 돌아온 이후에도 국왕은 분이 삭지 않아 재상을 불러 술을 마시며 기분을 풀고자 했다. 그런데 이 소식을 들은 재상이 웃으며 국왕에게 이렇게 말했다.

"국왕 폐하! 손가락 하나와 목숨을 바꾼 셈이니 다행이 아니옵니까? 이것은 모두 하늘의 뜻이옵니다."

온종일 심기가 불편했던 국왕은 재상의 말에 참았던 감정이 폭발했다. 그는 재상에게 호통을 치며 말했다.

"무엄하도다. 감히 국왕에게 그런 말을 하다니! 그렇다면 내 손가락이 잘린 것도 하늘이 정해놓은 일이란 말이냐!"

그러자 재상은 조금도 두려워하는 기색 없이 이렇게 대답했다.

"그렇사옵니다, 폐하! 만약 인간이 자신의 운명을 극복할 수 없다면 모든 걸 하늘이 정한 대로 따라야 할 뿐이옵니다."

"좋다. 그렇다면 너를 감옥에 처넣는다 해도 하늘이 정한 일이라고 말하겠는가?"

재상은 여전히 동요하지 않으며 말했다.

"만약 그렇게 하신다면 그 또한 하늘이 정한 일로 받아들이겠습니다."

"그럼 너의 목을 베라는 명령을 내린다 해도 따르겠는가?"

재상은 그래도 태도를 바꾸지 않았다. 노기충천한 국왕은 시종에게 명했다.

"재상을 끌고 가서 엄벌에 처하라."

시종은 어쩔 줄 몰라 우두커니 서 있었다. 국왕은 다시 호통을 쳤다.

"어서 끌고 가지 않고 뭣들 하느냐!"

한 달이 지나자 다친 손가락의 상처가 아물듯 국왕의 분노도 차츰 가라앉았다.

국왕은 재상을 감옥에서 풀어주고 싶은 마음이 굴뚝같았으나 이제 와서 명령을 철회하자니 자존심이 허락하지 않았다. 울적해진 국왕은 혼자 여행을 떠났다.

왕실에서 멀리 떨어진 울창한 산길을 걷던 중 국왕은 갑자기 나타난 야만인들과 맞닥뜨리게 되었다. 얼굴에 붉은 칠을 한 야만인들은 국왕을 밧줄로 꽁꽁 묶고 그들의 부족이 있는 곳으로 끌고 갔다. 오늘처럼 보름달이 뜨는 밤이면 산에서 내려와 여신에게 바칠 재물을 잡아가는 부족이 있다는 소문이 있던 터라 국왕은 가슴이 철렁 내려앉았다.

국왕은 깊은 탄식을 내뱉으며 후회했지만 자신을 구해줄 사람은 아무도 없었다. 야만인들은 사람이 들어가고도 남을 만큼 커다란 무쇠솥 앞으로 국왕을 끌고 갔다. 장작불이 활활 타오르고 있었다.

국왕의 얼굴은 공포에 질려 새파랗게 변했지만 야만인들은 아랑곳하지 않고 그의 옷을 벗겼다. 보름달이 뜰 때마다 여신에게 바칠 완벽한 흠집 없는 재물을 찾고 있던 부족의 추장은 건장한 국왕의 몸을 보고 매우 흡족해했다. 그러나 국왕의 몸을 구석구석 살피던 추장은 손마디가 잘려 나간 것을 발견하고는 실망을 금치 못했다.

"이 녀석을 당장 쫓아내고 다른 놈으로 잡아 오거라."

구사일생으로 살아 돌아온 국왕은 즉시 재상을 풀어주고 성대한 잔치를 베풀었다. 국왕은 재상에게 술을 권하며 말했다.

"그대가 한 말은 하나도 틀린 것이 없었네. 과연 세상의 모든 일은 신의 섭리에 따라 이루어질 뿐이었네. 만약 표범에게 손가락을 물리지 않았다면 나는 이미 재물이 되고 말았을 걸세."

재상은 대답했다.

"국왕께서 역경을 통해 더욱 성숙해지심을 축하드리옵니다."

잠시 후 국왕은 다시 재상에게 물었다.

"내가 구사일생으로 살아 돌아온 것은 자네의 말대로 하늘이 정한 일이었다고 하세. 하지만 자네는 아무 죄도 없이 감옥에 갇혀 있었으니 그건 어떻게 설명하겠는가?"

재상은 태연자약하게 술을 마시며 말했다.

"폐하! 제가 감옥에 갇힌 것은 틀림없는 신의 섭리이옵니다. 생각해보십시오. 만약 제가 감옥에 가지 않았다면 폐하를 모시고 함께 나갔을 겁니다. 그렇다면 야만인들은 폐하 대신 흠집 없는 저를 솥에 넣었겠죠. 그러니 저를 감옥에 보내신 폐하께 감사드립니다. 이거야말로 신의 섭리가 아니겠습니까?"

비바람이 몰아치는 날이 있으면 맑은 날도 있다. 얻는 것이 있으면 잃는 것도 있는 법이다. 인생의 희로애락에 대해 좀 더 유연한 태도를 가진다면 세상이 조금씩 달라 보일 것이다.

지네와 개미

다정한 친구인 지네와 개미가 내기 바둑을 두고 있었다. 바둑이 무척 재미있어서 지네와 개미는 시간 가는 줄도 모르고 밤늦도록 시합을 했다. 5판 3승제로 내기를 했는데 결국 개미가 먼저 세 판을 이겼다.

"헤헤, 내가 이겼지? 지네야, 약속대로 얼른 가서 아이스크림 사 와."

지네는 머리를 긁적이며 하는 수 없이 방을 나섰다. 개미는 흡족해하며 방에서 편안히 기다리고 있었다. 그런데 1시간, 2시간, 3시간을 기다려도 지네가 돌아오지 않았다. 기다리다 지친 개미는 화가 나서 방문을 열고 마루로 나섰다.

그런데 아이스크림을 사러 나간 지네가 아직도 마루 끝에 앉아 있었다. 개미가 다가가서 보니 지네는 그 많은 발에 열심히 신발을 신고 있는 중이었다. 개미는 그 자리에 푹 주저앉고 말았다.

다음 날이었다. 지네와 개미는 또 내기 바둑을 두었다. 지네는 전날 졌기 때문에 돌 하나하나를 아주 신중하게 놓았

다. 그리고 결국 지네가 먼저 세 판을 이겨 승리했다. 지네는
기뻐서 소리치며 말했다.

"개미야, 후딱 가서 호떡 사 와."

개미는 볼멘소리로 중얼거리며 밖으로 나갔다. 지네는 느
긋하게 콧노래를 부르며 기다렸다. 그런데 어찌 된 일인지
호떡을 사러 간 개미도 1시간, 2시간, 3시간이 지나도 돌아오
지 않았다. 지네는 기다리다 지쳐 방문을 열고 내다보았다.

그런데 이건 또 무슨 일인가. 호떡을 사러 간 개미가 여전
히 마루 끝에 앉아 있는 게 아닌가. 지네가 가서 자세히 보니
개미는 쪼그리고 앉은 채 "이것도 지네 신발, 저것도 지네 신
발" 하며 아직도 자기 신발을 찾고 있는 중이었다.

서글픈 가시고기 이야기

가시고기 암컷은 알을 낳고 어디론가 떠나버린다. 그때부
터 수컷이 알을 지킨다. 자신은 아무것도 먹지 못하면서 수많
은 침입자들을 물리치고 굳건히 알을 지킨다.

마침내 알에서 새끼들이 탄생해도 아빠 가시고기는 여전히 새끼들을 떠나지 않는다. 새끼들이 자라나 밖으로 나올 때까지 약 보름간을 기다리며 아빠 가시고기는 만신창이가 된다. 얼마나 고통스러운지 주둥이는 헐고 몸뚱이에서는 비늘이 떨어져 나간다. 그리고 마지막 새끼까지 세상 밖으로 나오는 것을 확인하고서야 아빠 가시고기는 숨을 거둔다.

여기서 끝이 아니다. 헤엄쳐 다니던 새끼들은 아빠의 시신 곁으로 몰려든다. 자신들을 위해 희생한 아빠의 죽음을 슬퍼하기 위해서가 아니다. 아빠의 살을 파먹기 위해서다. 아빠는 죽어서까지 자신의 몸을 새끼들의 먹이로 내준다. 그것이 가시고기의 운명이다. 자라난 새끼들은 자신의 새끼들을 위해 또 그렇게 똑같이 희생을 한다.

이 이야기는 눈이 오나 비가 오나 한평생 길고 긴 세월 동안 자식을 위해 고생하시고 모든 것을 다 내주신 우리 부모님들의 이야기가 아닐까? 갚을 길 없는 그 은혜에 보답하는 길은 감사와 사랑뿐이다.

코리안 특급

1990년 8월이었다. 어느 시골의 고등학교 2학년 야구선수가 대학 진학 문제로 학교와 갈등을 빚은 후 무작정 상경했다. 소년은 돈이 없어 두 친구와 함께 자장면 한 그릇을 시켜 나눠 먹었다. 남산에 올라가 유치원생들이 싸온 김밥을 얻어 먹기도 했다.

"이제 다시는 고향에 내려가지 않으리라. 야구도 이제 끝이다."

소년은 깊은 절망감에 사로잡혔다. 그때 친구의 아버지로부터 "혈기를 앞세우면 항상 손해를 본다. 그러니 열심히 운동해서 실력으로 너희의 생각을 보여주어라"라는 충고를 듣고 고향에 내려가 운동을 계속했다.

이 소년의 이름은 박찬호. 미국 메이저리그에서 활약하며 우리의 국위를 선양한 자랑스러운 이름이다. 그가 그 당시 혈기를 참지 못하고 운동을 중단했다면 '코리안 특급'은 탄생하지 못했을 것이다.

젊은 시절의 무모한 객기가 일생을 망칠 수도 있다. 젊은 시절의 인내는 반항을 통제하고 이성의 소리에 귀 기울이게 한다. 인내심을 길러야 하는 이유다.

변호사도 구할 수 없는 것

경수와 영철이는 변호사에 대해 이야기를 주고받고 있었다. 그들은 변호사가 되려는 꿈을 갖고 있었다.

"변호사는 위대해. 누명 쓴 사람을 구해주잖아."

"그래. 재판관도 변호사의 말을 들으면 고개를 끄덕끄덕하면서 형량을 줄여주거든."

"변호사는 사형수도 살려낼 수 있어."

"정말이야. 우리 꼭 변호사가 되자."

두 친구는 쉴 새 없이 변호사의 훌륭함에 대해 이야기했다. 그때 옆에서 듣고 있던 경수의 다섯 살짜리 꼬마 동생 민수가 말했다.

"아무리 변호사라도 스트라이크를 세 번 당한 타자는 구할 수 없어. 그건 그냥 아웃인걸."

기회는 생활 속에 있다

조선 선조 때의 명의 허준은 의술을 배우기 전, 자그마한 약방을 경영하고 있었다. 그는 약을 지을 줄은 알았지만 처방을 내릴 줄은 몰랐기 때문에 다른 의원의 약방문을 가져오는 사람에게만 약을 지어주었다.

어느 날부터인가 허름한 차림의 한 노인이 약방을 찾아왔다. 노인은 한마디 말도 없이 온종일 약방 구석에 앉아만 있다가 가는 것이었다.

"무슨 일이십니까? 도와드릴 일이라도 있습니까?"

"아닙니다. 사람을 찾으려고 하는데 그 사람을 아직 못 만나서 그렇습니다. 바쁘신데 신경 쓰이게 해드려서 죄송합니다."

허준은 이상하게 여겼으나 내색하지 않았다. 그러기를 며칠, 한 사내가 급히 약방으로 뛰어들어와서는 자기 아내가 해산을 하자마자 쓰러져 정신을 잃었으니 약을 지어달라는 것이었다. 허준은 어떤 약을 주어야 할지 몰라 당황해하며 약방문을 받아오라고 했다. 그때 구석에 앉아 있던 노인이 입을 열었다.

"이보게! 내가 시키는 대로 하게. 곽향 정기산 세 첩을 지어주게!"

허준은 노인의 말이 의심스러웠지만 상황이 급박했기에 그대로 약을 지어주었다. 다음 날 아침 일찍 어제의 그 사내가 찾아와 자기 부인이 깨어났다며 큰절을 하고 돌아갔다.

허준은 노인을 달리 보기 시작했다. 아무래도 보통 노인은 아닌 듯싶어 노인에게 말을 걸었다. 알고 보니 노인은 의술을 잘 아는 의원으로, 자신의 뒤를 이을 사람을 찾고 있었던 것이다. 이를 계기로 허준은 그의 제자가 되어 의술을 익혔고, 후에 어의가 되어 선조 임금의 건강을 책임지는 영광을 누리게 되었다.

행복 비타민B

초판 1쇄 인쇄일 | 2021년 7월 15일
초판 1쇄 발행일 | 2021년 7월 20일

지은이 | 이선구
펴낸이 | 김진성
펴낸곳 | 헤르나래

편   집 | 박부연
디자인 | 장재승
관   리 | 정보해

출판등록 | 2005년 2월 21일 제2016-000007
주   소 | 경기도 수원시 장안구 팔달로237번길 37, 303호(영화동)
대표전화 | 02) 323-4421
팩   스 | 02) 323-7753
홈페이지 | www.heute.co.kr
전자우편 | kjs9653@hotmail.com

값 10,000원
ISBN 978-89-97763-41-2 03800